薄幸花嫁と鬼の幸せな契約結婚

朝比奈希夜

STARTS
スターツ出版株式会社

目次

薄幸花嫁と鬼の幸せな契約結婚

序章

昨晩からの冷え込みのせいか、空が霧を纏ったその日。

相良瑠璃子は家族の朝食の準備をしたあと、とある住宅街の中にある一軒家を飛び出した。

公園にある時計を見ると、まだ六時十五分。

高校三年生になり、クラスメイトは皆受験に一直線。朝から補講が行われているけれど、大学に進学するつもりのない瑠璃子は、それに参加するわけでもない。しかし、家にいるのが苦しくて、誰かと顔を合わせる前に家を出てきた。

「どこか……」

時間をつぶせる場所はないだろうか。

実は昨晩、英語のテストの結果が悪かったふたつ年下の妹・美月が、父と母からきつくお灸をすえられて険悪な雰囲気になった。瑠璃子には関係のない話ではあるけれど、両親が成績のよい瑠璃子を引き合いに出して美月を叱るため、瑠璃子に向けられた美月の憎悪が大きくなっていくのが手に取るようにわかり、自室に駆け込んだ。

おそらく今顔を合わせたら、昨晩いら立ちを発散できなかった美月になじられるに違いないと思い、逃げてきたのだ。

両親は瑠璃子を評価しているわけではなく、そもそも視界に入っておらず空気以下の存在だ。それなのに都合のいいときだけ利用するのはやめてほしいところだけれど、そう伝えることも許されない。

瑠璃子は相良家で暮らしてはいるが、本当の家族ではないのだ。

瑠璃子がまだ一歳にも満たない頃。相良の父の妹でありひとりで瑠璃子を育てていた実母が病で亡くなり、子に恵まれなかった相良家に養子として引き取られた。

相良の家で新しい生活を始めたものの、父と母が思いがけず美月を授かり、状況は一変。瑠璃子は邪魔者になってしまった。瑠璃子が邪険な扱いを受ける理由はほかにもあるが、美月が誕生したあの日から相良家のお荷物になったことだけは間違いない。

旅行の計画を立てても、予約するのは三人分。瑠璃子はいつもひとりで留守番と決まっている。同じ学校に通っていても、両親が参観日に顔を出すのは美月の教室だけ。運動会のときだって、写真に収めるのは美月の姿ばかり。瑠璃子の写真は一枚もない。

しかも、美月が瑠璃子に対して暴言を吐こうとも、瑠璃子に原因があるに違いないと一方的に決めつけて、美月は叱られることすらない。

「私がなにをしたの？」

明るくなってきた空を見上げてあきらめ気味につぶやく。

朝霧は晴れと言うが、今日はいい天気になりそうだ。しかし瑠璃子の心はいつまで経っても靄がかかったままで晴れる気配がなかった。

今日は瑠璃子の誕生日だというのに。

不意に吹いてきた秋風が、長い黒髪を揺らす。湿り気を含んだそれは冷ややかでどこか尖っており、瑠璃子の苦しい人生をほのめかしているかのようだった。

歩き回ってたどり着いたのは、街の中心を悠々と流れる大きな川の川辺に君臨するソメイヨシノの木の下だ。ここは瑠璃子にとって大切な場所なのだ。

春になると淡いピンクの花びらを満開にさせて人々の目を喜ばせるその木も、十月下旬の今は枝ばかり。一年のうちほんのわずかな期間しか注目されない樹木ではあるけれど、瑠璃子はそれですらうらやましく思った。

自分にもいつか輝ける日が来るのだろうか。

瑠璃子は自分の左肩をちらりと見てため息をつく。

左肩から上腕にかけて広がる黒くて不気味な蛇の形をしたあざがあるのだ。しかも、このあざの存在が、家族と瑠璃子の溝を深くした。美月はあからさまに〝気持ちが悪い〟と吐き捨てるし、父や母も目をそむける。

――どこかに行ってしまいたい。誰か、私を連れ出して。

霧が次第に晴れてきて、頭上に広がった薄浅葱色の空を見上げながら願う。

ソメイヨシノの木の下に腰を下ろした瑠璃子は、持ってきたおにぎりを口に放り込んだ。急いでいたため塩すら振っていないおにぎりだけれど、口に入れるとお米の甘さが感じられて、頬がわずかにほころぶ。

幸せなのよ。こうして食事を食べられて、高校にも通える。卒業したら働いてお金をためて家を出ていけばいい。それまであと少しの辛抱だ。

瑠璃子は自分にそう言い聞かせるも、胸に広がる靄は結局晴れなかった。

その日。授業が終わって帰宅するために昇降口から出て中庭を歩いていると、突然空から雨が降ってきた。いや、空は憎らしいくらい晴れ渡っているうえ、雨だとしても量が多い。髪から水滴が滴り、制服の白いシャツは完全に濡れて肌に張りついている。

ふと二階に顔を向けると、バケツを持った一年生がニヤニヤ笑っていた。

「先輩、ごめんなさいね。手が滑っちゃった」

ペロッと舌を出す彼女は、美月の友人だ。

当然手が滑るような状況ではなく、故意に水をかけたのだとわかる。

「瑠璃子、どうしたの？　ビショビショじゃない」

瑠璃子の前に、示し合わせたかのようなタイミンクで現れたのは美月だ。もうひとりの友人の恵も一緒だった。バケツを持っていやらしい笑みを浮かべる二階の彼女と画策したのは明らかだった。

「なんでもない」

一刻も早くここから逃げなければ。

今までの経験からそう感じた瑠璃子は、走って校門を出た。それなのに美月が駆け寄ってきて、行く手を阻むように前に立ちふさがる。

「なんでもないわけないじゃない。こんなに濡れて……。風邪でも引いたら大変よ？」

親切な妹の仮面をかぶった美月は、心配げに眉をひそめているものの目の奥が笑っている。

今日はなにをたくらんでいるのだろう。どうして放っておいてくれないのだろうか。

瑠璃子は心の中で反発しながら再び足を進めようとした。しかし、見逃してくれるような妹ではない。

「体操服貸してあげる、シャツ脱ぎなさいよ」

そのとき気がついた。美月は瑠璃子の肩のあざを友人に見せて蔑むつもりなのだ。

瑠璃子は必死に抵抗するも、ふたりに飛びかかられては限度がある。リボンを解かれ、ボタンをいくつか外されて左肩があらわになった。

「うわ、気持ち悪い」

恵は顔をゆがめて嫌悪を表し、汚いものでも見るかのような冷ややかな眼差しを送ってくる。

そんなに嫌なら見なければいいのに。

そんな言葉が出かかったが、呑み込んだ。それを口にしたところでどうなるものでもないとわかっているからだ。

「前よりひどくなってない？　色も濃いし大きくなってる」

美月はもちろん心配しているわけではない。からかいの対象がより目立つようになって、内心ほくそ笑んでいるに違いない。

「ねぇこれ、私が取ってあげるわよ」

鼻で笑う美月は、瑠璃子をばかにしているのだ。

——嫌……。なに、これ。熱い……。

そのとき、瑠璃子は体に異変を感じた。左肩が燃えるように熱くなり、なにかが体の奥のほうから飛び出してきそうな感覚。

いつだったか、同じような経験をした覚えがある。

「こんなあざ、取ってしまいたいでしょう？」

かすかに口元を緩める美月が、右手を伸ばして瑠璃子の肩に触れた瞬間。

「キャアァ！」

ジュッという鈍い音と、なにかが焦げるような嫌なにおいが周辺に広がった。

「熱っ！　た、助けて！」

美月が左手で右の手首を握り、地面で転げまわっている。

「美月！」

恵が美月に駆け寄り、目を真ん丸にした。

「ひどい火傷……。美月、大丈夫!?」

「へっ、蛇が……う、動いて……」

わなわなと唇を震わせる美月が、青ざめた表情で叫ぶ。

——だめ。出てきちゃだめ。

あざの周囲が熱く感じたことはあれど、うごめくのは初めてだ。瑠璃子は自分の体になにが起こっているのかわからず慌てふためく。

口をあんぐり開ける恵は、動けない美月を放置して離れた。

『所詮、お前たちの絆などその程度のものだ』

「誰？」

瑠璃子の耳に、美月たちをあざ笑うかのような野太い声が届いたが、三人の周囲には誰もいなかった。

しかも、どうやら美月たちには聞こえていないようだ。

——やめて。

体の中で自分ではない存在が暴れている妙な感覚があり、吐き気がする。しかも、動揺しているうちにいら立ちが大きくなっていくのが怖くてたまらない。

そのうち、なにかがふと突き抜け、美月たちをにらみつけていた。

「な……なんなの？」

いつもは強気な美月が顔を引きつらせて這ったままあとずさる。恵はカタカタと歯の音を立てだした。

「目が……目が赤い」

涙を流して震える声を振り絞る美月に向かっていく瑠璃子は、猛烈な憤りが湧き起こるのを感じる。

『殺してやる。今すぐお前を殺してやる』

自分の体の奥のほうから聞こえてくる男の声には抑揚がなく、それがかえって瑠璃子の恐怖を煽り立てた。

『なにするつもり？　やめて！』

おどろおどろしい存在を察し、最後の気力を振り絞って叫んだつもりだったが、声は出ない。

意に反して美月に近づいていく瑠璃子は、男がクククと冷ややかな笑いを漏らしたのに気づいた。

『殺せ』

その低い声に洗脳されたかのように、腰を抜かして立てない美月の首をめがけて手を伸ばす。

「瑠璃子？　や、やめなさいよ！」

精いっぱいの強がりを吐く美月の首まであと数センチまで迫ったそのとき。瑠璃子の腰を誰かが抱いた。その瞬間、ハッと我に返った。

「遅くなってすまない」

突然姿を現した男にどうして謝られているのかわからない。ただ、自分が恐ろしいことをしようとしていたことに気づいて、背筋に冷たいものが走った。

瑠璃子が恐怖に顔を引きつらせる横で、男は凍えるような冷たい視線を美月たちに向け、あきれたようにため息を落とす。そして、近くにあった樹木をドンと叩いて怒りをぶつけた。さほど強く叩いたようには見えなかったのに、太い幹に亀裂が入ったので目を瞠る。

「懲りないやつらだ。死にたいのか」

瑠璃子が怪力に肝をつぶしていると、男は低く唸るような凄みのある声で美月たちにそう言い放つ。

美月は小刻みに首を横に振り、地面を這いながら離れたあと、立ち上がって恵とともに逃げていった。

「大丈夫か？」

瑠璃子の両肩に手を置き、先ほど凄んだ人物と同じだとはとても思えない柔らかな声で尋ねるのは、凛々しい眉に長めの前髪からのぞく切れ長の目が印象的な、整った容姿の男。百五十八センチの瑠璃子が見上げるほど背が高く、肩に置かれた手は力強い。

鳩羽色の着物に、髪と同じ漆黒の馬乗り袴という珍しい姿に、瑠璃子は驚きを隠せない。

「どこか痛むのか?」

「だ、大丈……大丈夫です」

やっとのことで瑠璃子が返事をすると、男は安堵の表情を浮かべる。

それにしても、『遅くなってすまない』と謝られたのはなんだったのだろうか。瑠璃子はこの男を知らないのだ。

「助けてくださったんですね。ありがとうございました」

自分の中でなにかが暴れているような不思議な感覚は、そういえば以前にも感じたことがある。あれは、いつだったか……。

火がついたのではないかと思うほど熱かった左肩も、今はなんともない。先ほどはなにが起こったのだろう。

「よかった」

安堵の声を漏らす男は、とても優しい人のようだ。

「あの、あなたは？」

たまたま通りかかり、美月たちの暴言に気づいて助けてくれたのだろうか。

「俺は紫明。瑠璃子、契約しよう」

「契約？」

「そうだ。俺の嫁になれ」

紫明という男の口から放たれた予想とはまるで異なる言葉に、瑠璃子は瞬きを繰り返すばかりだった。

鬼からの求婚

相良家の養子になった瑠璃子は、生まれたときから肩に不気味なあざを持つ。

実母が病で亡くなり相良家に引き取られたのは、まだ一歳にも満たない頃。本当の両親は瑠璃子が生まれる前に離婚したらしい。実父が京極という名字だったこと以外はなんの情報もなく、今どこでなにをしているのかまったくわからない。

相良の両親は、このあざのせいで養子に迎えるか否かを随分悩んだのだとか。ただ、子に恵まれなかったうえ血縁関係にあったため、〝施設に預けるなんて冷たい〟という世間の圧力に屈するように、相良家の子として育てられることになった。

ところが、ほどなくして母の懐妊がわかり、瑠璃子を引き取ったことを後悔したようだ。あざに嫌悪感があった母は特に、『美月ができるとわかっていれば、なんと言われようともあなたを引き取らなかったのに』と口癖のように瑠璃子をなじった。

幼い頃から理不尽な叱責を受けてきた瑠璃子は、両親の前では緊張して笑えなかった。それとは対照的に、愛くるしい笑顔を振りまく美月は両親に愛され、姉妹の立場は明暗を分けた。

そのうち、瑠璃子が母に甘えたくて近寄ろうとも、『今、忙しいの』と遠ざけられるようになり、仕事から帰ってきた父は、瑠璃子を視界に入れようともしなくなった。

あれは瑠璃子が小学生になる少し前のこと。

二歳年下でおしゃべりに夢中な美月は、瑠璃子の肩にある不気味で大きなあざに顔をしかめてこう言い放った。

「ねぇね、こわー。よーかい？」

母にしがみついて眉をひそめる美月は、瑠璃子とは違ってすべすべの白い肌を持つ、明るくて元気な女の子だ。誰もが彼女の周りに集い、そして笑顔を見せた。

「本当に妖怪みたいね」

そんな美月をかわいがる母は、母親としてはありえない言葉を口にする。

いくら罵声を浴び慣れている瑠璃子でも、母からの貶めの言葉は胸の奥に鋭い刃物を突きつけられたように痛む。そこから血が滴ろうとも、それに気づかない振りをしなければならないのがまた苦痛で、自分の部屋に駆け込んだ。

それで終わるはずだった。

苦しい感情を隠してなんでもない振りをしていれば、明日がやってくる。

それを何年もかけて学んだのに、そのときは違った。

三日後。

「瑠璃子。いい先生が見つかった。病院に行くよ」

父が珍しく優しい声で話しかけてきたとうれしかったのに、いきなり腕をつかまれて乱暴に家から連れ出されてしまった。

声とは裏腹に父の表情は硬く、瑠璃子の手首をつかむその手は、まるで罪人でも連行するかのように乱暴で、新しいあざができそうなほど強かった。

病院に到着すると有無を言わせず真っ白な診察台にのせられて、白衣姿の医者に診察を受けた。腕を組みしばし悩んだ先生から、「手術であざを消すのが一番でしょう」という恐ろしい言葉が聞こえてくる。

「蛇のように見えて、妹が怖がって泣くんです。どうかよろしくお願いします」

父が深々と頭を下げる様子を見て、自分のためではなく美月のためにこのあざを治療しようとしているのだと瑠璃子は察した。

診察の数日後。

「怖くないからね」

手術台の上に寝かされた瑠璃子に、看護師が盛んに声をかける。

けれど瑠璃子は、手術など怖くはなかった。怖いのは人の心だ。

自分のことを少しも気にかけてくれない父と母の胸をえぐるような言葉と、妹だけに注（そそ）がれる愛。そんな日常に苦しんでいるのに、機嫌を損（そこ）ねないように微笑（ほほえ）んでいなければならないという理不尽さ。それより怖いものなんてなかった。

「それじゃあ麻酔（ますい）をかけるね。寝ている間に終わるし、起きたらあざが消えて肩がきれいになっているよ」

ミストグリーンの術衣姿で手術室に入ってきた医師は、そう言いながら瑠璃子に近づく。そして看護師に麻酔薬の指示を出したあと、あざのある左肩に軽く触れた。

「な……なんだこれ」

しかしおびえた声を発して瑠璃子から即座に離れる。

「目が、赤い……」

注射器を手にしていた看護師も、それを床に落とすほど動揺していた。

熱い。左肩が熱い。なにかが……なにかが体の中で暴れている。

瑠璃子は自分の体に起こった異変に気がついていたが、それをどう説明したらいいのかわからない。

そうしているうちに、医師が先ほど瑠璃子の肩に触れた右手を押さえて苦しみだした。

「あ、熱っ……誰か水！」

みるみるうちに手のひらが赤く染まり、やがて皮膚がただれだす。どうしてこんなことが起こるのか、誰にもわからなかった。

結局、手術は中止となった。

執刀医は右腕の肘から先にひどい火傷を負い、しばらくメスは握れないという診断。

しかし、その原因をいくら調べてもわからず、瑠璃子の目が赤く光ったあと苦しみだしたという話は瞬く間に広がり、手術どころか診察も拒まれてしまったのだった。

ただ手術台で横たわっていただけなのに、父は瑠璃子に激怒した。その話を聞きつけた近所の人たちから、〝相良家は呪われている〟と噂されるようになったからだ。

もうこれ以上悪評を広めたくないと手術は断念されたが、あざを消したいと訴えたのは瑠璃子ではないのに、すべての憎しみを瑠璃子が背負うことになってしまった。

あざを怖がっていた美月だけれど、同じ小学校に通うようになると、態度が一変した。

〝気持ちが悪いあざを持つ妖怪〟と瑠璃子を罵り始めたのだ。

からかわれても仕方がないとあきらめに似た気持ちを抱いていたものの、もちろんあざがあるのは瑠璃子のせいではないのだから、気が滅入る毎日だった。

皆、自分が邪魔なのだ。

そう悟った瑠璃子は、それから口を閉ざした。

しかし、どうしても許せないこともあった。

美月やその仲間が、彼女たちと同じクラスにいる女の子をからかうことだ。通学路が同じその子は、生まれつき足が少し不自由で歩き方がほかの子とは違っているうえ、歩みがゆっくりだった。それを美月たちがあざ笑う。

あざを持つ瑠璃子は、自分の努力ではいかんともしがたいことで罵倒される理不尽さを知っている。そのため、彼女を見て笑う美月たちが、どうしても我慢ならなかった。

「美月、やめなさい」

姉ではあるが、そんな言い方をしたことは一度もない。だからか、美月は一瞬驚いた顔をしたものの、すぐに侮蔑の眼差しを向けてきた。

「疫病神のくせして、偉そうに」

ふんと鼻で笑う美月からの嫌がらせがひどくなったのは、言うまでもない。

けれど、足の不自由な彼女が貶められているときだけは、必ず美月に言い返した。その光景を見ているのがつらくてたまらなかったからだ。

その一方で、自分への暴言は耐えに耐えた。

相良家での家事をすべて押し付けられるようになり家の居心地がよくなかった瑠璃子は、学校からまっすぐに帰らず近くの川辺の土手で過ごすことが多かった。特に春になると満開になる桜の木の下がお気に入りで、足しげく通った。

淡いピンクのつぼみが膨らみ始めてきた小学三年生の三月。冷たい風が吹くその日、お気に入りの場所に男の子の姿を見つけた。男の子といっても、瑠璃子より五つ六つは年上に見え、すらりとした体形で背が高い。サラサラの黒髪を風になびかせる彼が泣きそうな表情をしているのが気になった。

友達のいない瑠璃子は、どう話しかけたらいいのかさっぱりわからず、けれど話しかけなければという妙な責任感が湧いた。それはきっと、彼も自分のようになにかに心を痛めていると感じたからだ。

瑠璃子は土手でタンポポを摘み、その男の子に近づいていった。瑠璃子に気づいて視線を向けた男の子にそれを差し出すと、彼は大きな目を見開き瑠璃子をじっと見つめる。

「くれるの？」

「うん」

『こんにちは』という挨拶すらしなかったけれど、彼は瑠璃子からタンポポを受け取り、優しく微笑んだ。

「ありがと」

「元気出して」

瑠璃子が思いきって言うと、彼は目を弓なりに細める。

「うん。元気出た」

白い歯を見せた彼に安心した瑠璃子は、そこから一目散に立ち去った。「待って」

という声が聞こえたけれど、振り返りもしなかった。誰かに話しかけたのなんて初めてで、どうしたらいいのかわからなかったのだ。

とんでもなく緊張したものの、勝手に頬が緩んでくる。なにを悲しんでいたのかすらわからないけれど、彼が元気になってよかった。

瑠璃子は久しぶりに、胸が温かくなるのを感じた。


高校二年の、底冷えする一月の夜。

母の財布（さいふ）からお金がなくなった。盗んだのは美月だ。新しい洋服が欲しかったのに、おこづかいが足りなかったのだ。それなのに『瑠璃子が盗るところを見た』と美月に言われ、どれだけ否定しても信じてもらえず、瑠璃子は家を飛び出した。

強い風と共に雪が舞い始めた空は、絶望の色をしている。凍雲（いてぐも）のせいか星はおろか月すら見えず、瑠璃子の凍った心を溶かすものはなにもない。

呆然（ぼうぜん）としたまま歩き続け、やがて大きな川にたどり着いた。川を下るようにその岸を歩いていくと、大きな幹が見える。

これはソメイヨシノだ。黒くごつごつした樹皮は決して美しくはないけれど、この樹皮や枝から可憐（かれん）な桜色の桜染めができると聞いた覚えがある。

寒い冬が明ける頃、人々の目を楽しませるのは艶（つや）やかな花びらではあるが、樹皮にも内に秘めた美しさがあると知ったとき、かすかな希望を抱いた。

あざのある醜い自分も、心を清く保てばいつか輝けるのではないかと。

けれど、ただの幻想だったのだろうか。必死に荒立つ心を抑えて笑顔を作っても、次から次へと苦しみが襲ってきて耐えられそうにない。

瑠璃子は桜の木にそっと触れて目を閉じた。そして大きく息を吸い込むと、冷たい空気が肺いっぱいに入ってくる。

「生きてるんだ、私……」

心が死を乞うたび、生きたいという相反した感情が湧き起こり、希死観念に蓋をする。

瑠璃子には自分の中に別の何者かが住み着いているような感覚があり、いつかその者に呑み込まれてしまうような怖さがあった。

ソメイヨシノの樹皮は温かかった。いや、温かく感じるほど瑠璃子の指先が冷え切っているのだ。

薄手のセーター一枚でうろうろするには残酷な気温だった。でも、とても家に戻る気にはなれない。

北風を避けるように太い幹の下に腰掛け、かじかんだ両手に息を吹きかけて温める。

暗い夜空に吐く息は白く、その温もりは空に舞う雪に負けてすぐに冷たくなっていく。

もう頑張れない。ううん、まだ耐えられる。

心の中に激しい葛藤が生まれ、一筋の涙が頬を伝った。

そのとき、背後からフワッとなにかがかけられて驚いた瑠璃子は、振り返った。

「こんなところでどうした。冷えてしまうぞ」

背の高い男の口から飛び出す柔らかな調べは、瑠璃子の涙をますます誘う。こんなふうに優しい声をかけられたのはいつだったか。

周囲に街灯すらないため男の顔はよく見えないが、その優しい声色だけで温かな人だと伝わってきた。

「……なんでもありません」

肩からかけられたのは、着物の羽織のようだ。着物姿が珍しくて少し驚いたけれど、それより自分に寄り添ってくれる人がいるのが信じられない。

「泣いているじゃないか」

「……これは」

瑠璃子は頬の涙を慌てて拭った。

泣き顔を他人に見せてはいけない。泣いているのが知られたら、嫌がらせはエスカレートする。

長年の境遇でそう学んだ瑠璃子は、顔をそむけた。

「誤解しないでください。悲しいわけではありません。少し悔しいことがあって……」

精いっぱいの強がりが、暗い夜空に吸い込まれていく。

座ったまま話すなんて失礼だとは思ったけれど、涙の跡をどうしても見られたくなくて、立ち上がれなかった。

「悔しいという気持ちがあるんだもの。私はまだ這い上がれる」

自分を鼓舞するように、そう口にする。

本当は、つらい、苦しい、死んでしまいたい――そんな言葉を叫びながら泣きたい。けれども、それをしたら余計につらくなるのを知っていた。

「そう、か」

男は声の調子を落としてそう言った。

心配してくれているのに、その心配を拒絶したように感じたかもしれない。もしそうであれば申し訳ない。

「違うんです。あのっ……」

自分の胸の内を表現することを許されてこなかった瑠璃子は、どう説明したらいいのかわからず口を閉ざす。

「君の志は立派だが、いつも強くなくていい。必ず助けてくれる者が現れる」

「えっ……」

助けてくれる者？

今まで誰ひとりとして自分に手を差し伸べてくれた人がいなかったのに、この先現れるわけがない。

瑠璃子は心の中で反発した。しかし、励ますように男に頭をトントンと優しく叩かれて、まだ自分の知らない世界があるのではないかと、かすかな希望の光が灯る。

「忘れるな」

男はそんなひと言を残して去っていった。

素敵な人……。

たった数分で心を前向きにしてくれた。

名前を聞くどころか顔も暗くてよく見えなかったが、羽織を握りしめて彼に感謝した。

瑠璃子は必死に生きた。

美月やその友達の罵倒に耐えられずこっそり涙しても、父や母から空気のような扱いを受け、何日も挨拶すら交わすことがなくても、あの桜の木の下で出会った男の言葉だけを希望に、自分の居場所を探し続けた。

そんな毎日が続いた、高校三年の誕生日。

美月とその仲間に水を浴びせられてあざを馬鹿にされたとき、肩の疼きを感じて恐ろしさのあまり呼吸が浅くなった。

——お願い。出てこないで。

体の中でうごめくものの存在が今までになく大きく感じて、瑠璃子は祈った。けれど、美月を殺めたいという衝動がどんどん膨らんでいき、やがて自分でない者と自分との境界線がわからなくなった。

『殺してやる。今すぐお前を殺してやる』

おぞましい声が聞こえた頃には、完全に正気を失っていた。しかし、駆けつけてくれた男性が、それを一瞬にして解き放ってくれた。

紫明と名乗るその男は、『俺の嫁になれ』という即座には理解できない言葉を口にして力強く瑠璃子の腰を抱いたのだった。

しばらく放心したままの瑠璃子を見て、紫明はおかしそうに笑う。ついさっきまで張り詰めていた緊張はなんだったかと思うほど。

「……嫁？」

瑠璃子が知っている意味であれば、紫明と結婚してその妻に収まれということなのだが……。小学生でも知っている言葉だけれど、こんなふうにぶしつけに言い渡されると確認したくもなる。

「そう。嫁」

紫明はあたりを見回し、瑠璃子を人気（ひとけ）のない路地（ろじ）に引っ張る。

「お前の体には蛇神（へびがみ）が宿（やど）っているのではないか？」

ズバリ切り込まれて、反射的に左肩を押さえた。これでは蛇のあざがあると打ち明けているようなものだ。

でも、蛇神が宿っているとはどういう意味なのか呑み込めない。

「蛇神……」

「そうだ。お前の体に浮かび上がる蛇の印がその証拠。自分以外の存在を感じたことはないか？」

紫明はあくまで優しく尋ねてくる。

「あなたは誰？」

もしやこの蛇神を瑠璃子の体に植えつけた人物なのではないかと恐ろしくなり、あとずさりながら問う。

「心配するな。俺はその蛇神から瑠璃子を救うために来た」

「私を救う？」

この忌々しいあざから解放されて、普通の体を手にできるのだろうか。もう誰からもうしろ指をさされずに済むの？

瑠璃子の心は、ひととき期待に包まれる。

「そうだ。待たせてすまなかった。もうこれからは俺が守る」

守るとは、とてもうれしい言葉ではあったけれど、見ず知らずの男の話を即座に信じるほど馬鹿ではなかった。

「からかっているんですか？　失礼します」

踵を返そうとしたものの、手首をつかまれてしまった。振り払おうにも男の力が強く、どうにもならない。

「からかってなどいない。話を聞いてくれ。俺は幽世から来た鬼だ」

「お……」

紫明の口から衝撃的な告白があり、言葉が続かない。

信じられない出来事は時々あるものだが、予想をはるかに上回る話を聞かされると、頭が真っ白になって働かなくなるのだと知った。

「瑠璃子が俺の嫁になれば、その蛇神から必ず守ると約束しよう。もうひとりで苦しまなくていい」

これは夢なのだろうか。

「……い、いえ。結構です」

ようやく出てきたのがそのひと言。

どこからどう見ても普通の男性にしか見えない彼が鬼で、蛇神から守ってくれるなんて。そんなおとぎ話を信じられるわけがない。

美月たちを蹴散らしてくれたのは助かった。それに紫明に腰を抱かれた瞬間、失いそうだった自分の意識が戻ってきたのは事実だ。

けれど、鬼の嫁になれと突然申し渡されて、即座に『はい』と答える人間がどこにいるのだろう。

これは間違いなく彼の虚言だ。こんなことをして紫明になんの得があるのかさっぱりわからないけれど、親切な人を装ってなにかしようとしているのであれば、警戒しなくては。

瑠璃子は混乱のあまり、助けてもらったお礼を言うのも忘れて、紫明の前から走り去った。


その夜。火傷を負った美月は、「瑠璃子に殺されそうになった。化け物と一緒には暮らせない」と父と母に訴えた。

美月がひどい火傷を負ったことで怒り心頭の父は、言い訳を聞くことすらなく右手を瑠璃子の左頬に振り下ろした。

「出ていけ！　お前は疫病神だ！」

そして顔を真っ赤にしてそう言い放つ。

いたたまれなくなった瑠璃子は、そのまま家を飛び出した。

今日は誕生日だったのに……祝ってもらえる楽しい日のはずなのに、なぜ自分はこんなふうになってしまったのだろう。

寒空を見上げて必死に涙をこらえる。

自分の努力不足ならば批判も甘んじて受け止めるが、肩にあざがあるのも、周りでおかしなことが起こるのも、瑠璃子のせいではない。しかし責められ続け、真綿で首を絞められているような苦しさがずっと続いている。

行くあてもなく、ふらふらと街をさまよい歩く。ふと気がつくと、あの川岸にあるソメイヨシノの木の下に立っていた。

心が落ち着くのはここだけだ。

「もう、疲れちゃった」

家から追い出されても構わない。けれどこの先、明るい未来が待っているとはどうしても思えなかった。

「迎えに来てくれなかった……」

瑠璃子は木の幹にそっと触れて弱音をこぼす。

羽織の男の言葉を信じ続けるのが苦しい。もう我慢が限界に近いのだ。何度も奮い立たせてきた心が完全に漆黒の闇に呑み込まれそうだった。

この川の流れに身を任せたら、自由になれるだろうか。もう誰からも罵声を浴びることなく、穏やかに笑っていられるだろうか。

これまで死に伴う苦しみを考えてどうしても行動に移せなかったけれど、今ならできそうな気がする。

助けに来てくれる人などいないと、はっきり悟ったからだ。

一歩二歩と川に近づいていく。野霧に包まれた瑠璃子は、その川に身を投げる前に空を見上げて、雲がかかりほのかな光を放っている薄月に語りかける。

「そっちに行きます」

これでもう自由だ。

目を閉じて冷たい水に足を踏み出そうとしたそのとき、背後から腹のあたりに手を回されて止められた。

「なにしてるんだ」

瑠璃子を止めたのは男のようだ。

──この声、聞き覚えがある……。羽織の人？

ハッとして顔をうしろに向けると、そこにいたのは紫明だった。

「放して。もう生きていたくないの」

　紫明の腕の中で必死にもがくも、彼の力は少しも緩まない。

「まっすぐに生きていればいつか苦しみから抜け出せると思ってたのに、そんな日はいつまで経っても来ない。私は、生まれてきちゃいけなかったの」

　気がつけば大声で叫んでいた。これほどはっきりと自己主張したのは初めてなのに、その内容が残念だとしか言いようがない。

「生まれてきてはいけない命などない」

「きれいごとよ」

　瑠璃子はあふれる涙を拭うのも忘れてわめいた。

「いや、俺がそれをわからせてやる」

　紫明は諭（さと）すように話す。

「お前が肩のあざのせいで苦しんできたことは知っている。これからも悩むことがあるかもしれないが――」

「だったら、放っておいて！」

　瑠璃子は渾身（こんしん）の力で離れようともがいたけれど、紫明は許してくれなかった。

「瑠璃子、俺を見ろ！」

　取り乱す瑠璃子に強い言葉を投げかけた紫明は、瑠璃子と向き合いまっすぐな眼差しを注ぐ。

「お前の苦しみは、俺が半分背負う。絶対にひとりにはしない」

「ひとりに、しない……？」

「ああ。もうお前ひとりを苦しめたりしない。俺が必ず守る。だから、俺と契約して嫁になれ」

　また〝嫁〟と言われて戸惑いを隠せないうえ、〝契約〟という意味がまったく呑み込めない。ただ、紫明の声色は真剣で、冗談を口にしているようには思えなかった。

「どうして私とあなたが結婚するんですか？　契約ってなに？」

　暴れるのをやめて尋ねると、紫明はようやく手の力を緩めた。そして瑠璃子の視線に合うように腰を折り、口を開く。

「信じられないかもしれないが、聞いてほしい」

　あまりに真摯(しんし)な表情に、緊張が走る。けれど、両親や美月たちから感じる冷たさはなく、紫明が自分を傷つけるつもりはないような気がしてうなずいた。

「さっきも話したが、俺は鬼だ」

「嘘(うそ)よ」

　鬼なんているはずがない。

　瑠璃子は即座に否定したものの、紫明は困った顔をして首を横に振る。

「信じられないのも無理はない。だが本当だ」

穏やかな口調でそう言った紫明は、なんとサラサラの黒髪の奥から二本の角を生やしてみせた。

「キャッ！」

つい寸刻前に死を覚悟していたというのに、目の前に鬼が現れたと知り、逃げなくてはとっさに体が反応した。けれど紫明はそんなことはお見通しだったようで、瑠璃子の腕を捕まえて、抱きしめる。

「怖いよな。わかってる。でも、誓って傷つけたりはしない。守りたいだけなんだ」

紫明の声には、美月のそれにはある棘がない。信じてもいいのだろうか。

見ず知らずの鬼が自分を守りたいとはどういうことなのか、聞きたくもあった。

「……わかり、ました」

瑠璃子は腹を括ってそう伝える。

『誓って傷つけたりはしない』という言葉が、どうしても嘘には聞こえなかったのだ。

「冷たいな」

なにを話しだすかと身構えていたのに、腕の力を緩めた紫明は瑠璃子の冷えた両手を、少し骨ばった大きな手で包み込む。

こんなことをされたのが初めてで、瑠璃子の鼓動はたちまちうるさくなる。

「あのっ」

「今宵は少し冷える。体を冷やすな」

そんな優しい言葉を口にした紫明は、自分の羽織を脱いで肩にかけてくれた。

紫明は昼間と同じ袴姿だ。和装が好きなのだろうか。

そんなことを考えていると、ハッとした。

「羽織の人？」

「羽織の人とは？」

期待したものの、同一人物ではないらしい。紫明は首を傾げた。

「なんでもありません」

「少し落ち着いたようだな」

角を収めた紫明は、鬼とは思えぬ優しい笑みをこぼす。

「すみませんでした」

「謝る必要はない。そもそも驚くようなことを言っているのは俺のほうだ。……ここは風が強いな」

川上に視線を移した紫明がつぶやく。

「あっ……お返しします」

慌てて羽織を返そうとしたが、手を止められてしまった。

「返せと言っているわけではない。震える女を放っておけるような薄情な男に見えるのか？」

「いえっ、決してそんな……」

怒らせてしまったと焦ったけれど、紫明は優しく微笑むだけで瑠璃子を見つめる視線に怒りの色は浮かばない。

「それならよかった。しっかり着ておきなさい」

紫明は脱ぎかけた羽織をかけ直してくれた。

「ありがとうございます」

彼の体温がほんのり残ったその羽織は、体だけでなく心も温めてくれるようだ。緊張がほどけ、頬が緩む。

「その顔だ。瑠璃子に困った顔は似合わない。お前は俺の隣で笑っていればいい」

「えっ……」

すでに嫁ぐことが決定したような言い方をされて戸惑うも、嫌ではないのが不思議だ。紫明の言葉一つひとつが心地よく、心に波が立たないからかもしれない。

「あの木の下に行こう。ここよりは風がしのげる」

紫明に腕を引かれても、もう抵抗しなかった。瑠璃子の中で、彼が自分をだまそうとしているとんでもない男という評価から、優しそうな鬼に変化しているのだ。

紫明は瑠璃子がソメイヨシノを気に入っていることを知っていたかのように、太い樹木の下へと誘導する。そして冷たい風を避けるようにその根元にドサッとあぐらをかいた。

「おいで」

差し出された手に手を重ねたのは、紫明の表情が穏やかだったからだ。もしかしたら羽織の男が話していた『必ず助けてくれる者』というのは、紫明を指しているかもしれないという期待もあった。

ところが、その行動をすぐに後悔する羽目になる。

「なにして……」

紫明に力強く手を引かれた瑠璃子は、なぜか彼の脚の上に座らされてしまったのだ。

「椅子(いす)の代わりだ」

「あなたは椅子ではありません！」

むきになって反論してしまう。紫明の息を感じる距離が面映(おもは)ゆくてたまらない。

「正直に言うと、俺も少し寒い。こうしていると温かいだろう？」

「そ、そうですが……」

紫明は恥ずかしくないのか、瑠璃子を背中越しに抱きしめた。

「それで、どこまで話した？」

瑠璃子は話どころではない。紫明が言葉を発するたびに耳に吐息がかかって、鼓動の勢いが増していく。けれど、それを知られるのはもっと恥ずかしい。

「あなたが鬼で、私を傷つけるつもりはないと」

「まったく進んでいないな」

鬼なのに……角まで見たのに、なぜか少しも怖くない。むしろホッとするような温もりが彼にはある。

「ただ、あなた、は少々寂しい」

「寂しい？」

「俺は紫明という名だと教えたはずだ」

それは〝あなた〟ではなく名で呼べという催促なのだろうか。

「お聞きしましたが……」

こんなふうに抱きしめられているうえ名前を呼ぶなんて、心臓が口から出てきてしまいそうだ。

瑠璃子はこれまで感じたことがない感情に、激しく動揺していた。

「随分察しが悪いんだな。それともわかっていて、焦らしているのか？」

焦らしてはいないけれど、なにを要求されているのかはわかっている。どうやら紫明は察しがよすぎるらしい。

「いえ、あのっ……」

「ほら、練習してみて。ずっと〝あなた〟では仲良くなれないぞ」

行動は優しいのに意外に強引な紫明にたじろぎつつも、たしかに自分もずっとあなたと呼ばれては距離を感じると考える。

いや、距離を縮める必要があるのだろうか。

瑠璃子は混乱していた。

「瑠璃子、聞いてるか？」

「は、はい」

「なるほど」

顔を正面に向けたまま返事をすると、紫明は意味深長な発言をしたあと、瑠璃子の耳朶にそっと触れる。

その思いがけない行動に、体をビクッとさせた。

「少し赤いようだ」

「は……」

「照れているんだろう？」

図星を指されて、とっさに両手で耳を押さえる。すると紫明は、ははと高らかに笑った。

紫明の明るい笑い声は暗い夜空に吸い込まれていく。つい数分前までここで死を願っていたのが信じられない。

「そこで押さえては、その通りだと言っているようなものだ」

「違います！」

「違わないな」

流してくれればいいのに。紫明は少し意地悪だ。

瑠璃子がむきになって顔をうしろに向けると、彼はなぜかうれしそうに口角を上げる。

「顔が優しくなってきたな。そうやってもっと自分の感情を出せ。どんなことを口にしても、俺は瑠璃子を嫌ったりはしない」

「えっ……」

胸の内を吐き出してもいいのだろうか。苦しい、つらい、悲しいと叫ぶ権利が自分にもあるのかわからない。

なにかに傷つき反論するたびに、さらにひどい言葉を浴びるという経験をしてきた瑠璃子にとって、紫明の発言は意外すぎた。

「今までずっと耐えてきたんだろう？　俺しか聞いていない。全部ぶちまければいい」

紫明は意外なことしか言わないようだ。

今までそんなふうに話を聞いてくれた人なんていなかったのに。そう、両親でさえ。

「……死にたく、ない」

ためらいながらも最初にこぼれたのは、そんな言葉だった。たくさん叫びたいことはあったが、一番強い感情はこれなのだ。

「当然だ」

「もう傷つきたくない」

「もちろんだ」

紫明の迷いのない相槌が、荒んだ心にしみわたる。

自分を否定されないのは、瑠璃子にとって初めての経験だ。それがこれほどうれしいとは知らなかった。

少し困ったような顔で答える紫明は、瑠璃子の左肩に手を置いて自分の胸に引き寄せる。抱きしめられる形になり恥ずかしかったものの、動けなかった。紫明の優しさが心地いいのだ。

それから静かに涙を流した。その間、紫明はなにも言わず、瑠璃子の頭を抱えるようにして抱きしめ続けてくれる。

紫明の着物が涙に濡れているのに気づいて我に返った瑠璃子は、少し離れた。

「ごめんなさい」

「なぜ謝る。俺が吐き出せと言ったんだぞ」

『どんなことを口にしても、俺は瑠璃子を嫌ったりはしない』と語った紫明に嘘はなかった。醜い感情をぶつけても、彼は頬に流れる涙をそっと拭うだけ。

「でも……」

「瑠璃子はずっと蔑まれてきたせいで、自分に自信がないんだ。でも、それも終わり。俺が必ずお前を引き上げてやる。もうひとりにはしない」

どうして蔑まれてきたことを知っているのだろうか。

自分のことを見てきたかのように言われて不思議だったが、紫明の力強い言葉を聞いて、死を願わなくても済むのではないかと安堵する。

「あなたは、私を知っていたのですか？」

「そうだ。俺の嫁だからな」

あたり前のように言う紫明は、瑠璃子の腰を抱いたまま続ける。

「俺は幽世からやってきた」

「そういえば、幽世って？」

鬼という言葉に驚きすぎて忘れていたけれど、そんなことも言っていたような。

「あやかしたちが住む世界のことだ。人間だけで幽世に赴くことはできないが、あやかしは自由にこちらに来られる」

そもそも紫明が鬼であるということが信じられないのに、ほかにもそうした存在がいるような言い方をされて、目をぱちくりする。

「あやかしは今の俺のように人形で生活している。だから、特に違和感なく受け入れられているはずだ」

　ということは、自分の身の回りにもあやかしがいるのだろうか。そんなことはありえないと思う一方で、紫明の角を見た瑠璃子は、自分の知らない世界があってもおかしくはないと納得もする。

　羽織の人も、もしかしたらあやかしかもしれない。

　瑠璃子がそう感じたのは、紫明と同じように珍しい着物姿だったからだ。

「幽世は東西南北の四つの国に分かれていて、それぞれ支配しているあやかしがいる。俺が住む北の国は鬼が治めていて、最近は穏やかに暮らしている」

　紫明は頬を緩めて話す。

　つまり、鬼である紫明は北の国を統率している一族のあやかしのようだ。彼は『最近は』とつけたが、穏やかでなかった過去もあると示唆しているのかもしれない。気になったものの、その先を早く聞きたくて口を閉ざしておいた。

「街もなかなか発展しているんだぞ」

　瑠璃子の緊張を和ませるためだろうか。紫明は楽しげに語る。

　あやかしの街だなんて想像がつかないけれど、興味をそそられる。ただそこにいるのがすべてあやかしだと思うと、腰が引けるのもまた現実だ。

「我が一族……いや北の国に住むあやかしたちは、過去に蛇神にひどい目に遭わされたのだ。それで、その蛇神が……」

紫明が途中で言葉を止めて、瑠璃子の気持ちを探るかのように視線を合わせてきた。

「まさか、ここにいるんですか？」

瑠璃子は左肩を押さえながらおそるおそる尋ねた。もしそうであれば、鬼をはじめとする北の国のあやかしたちは、自分の存在が疎ましいはず。

「……そうだ」

別の返答を期待したのに、苦しげに眉根を寄せる紫明に肯定されて肩を落とす。

「なんでそんなものが私に？」

蛇神を宿すなんて話を聞いたことがない。しかもなぜ自分にという気持ちが強くて、恨み節が口をつく。

「それにはいろいろ深い訳があるんだが……。簡単に言えば、瑠璃子はそういう血を引いているうえ少々敏感で、蛇神を引き寄せてしまったのだ」

ますますわからない。

「だが、誤解するな。瑠璃子が悪いわけではないとわかっている。その蛇神が出てきそうだと感じたことはないか？」

「あります。助けてもらったときも、その前にも……」

左肩が熱くなり、体の中にいる別の存在がうごめきだして、やがて感情を呑まれてしまう。美月の首に手をかけたいという強い衝動を覚えたときのように。

あのときの光景が鮮明に頭に浮かび、震えが走る。

美月に対して、殺めたいほど憎いという感情を持っているのは認める。でも、本当に手をかけてしまうのは別次元の話だ。とはいえ、その越えてはならない壁を越えそうだった。

「瑠璃子」

紫明に名を呼ばれて我に返る。

「我が一族は、その蛇神に出てきてもらっては困る。長きにわたって築いてきた安穏の地を再び汚されたくはない。だから蛇神を宿した瑠璃子をそばに置いておきたい。目の届くところにいる限り、万が一蛇神が暴れようとしても止めることができる」

たしかに、紫明に腰を抱かれた瞬間、嘘のように体の異変が消え去った。あれは彼が蛇神の暴走を止めてくれたのか。

「……我が北の国を滅ぼそうとした瑠璃子の中の蛇神は、西の国の頭だったのだ。かなりの力を持っている。あやかしは、強い者同士の婚姻を繰り返すことで、その能力を増していく。蛇神を宿す瑠璃子と夫婦となれば、俺の力も増す。二度と他国から侵害されないためには、強靭(きょうじん)な力が必要だ。我が北の国に、瑠璃子は必要なんだ」

国のために必要だとは。壮大すぎる話に、瑠璃子はしばし放心する。

「瑠璃子が俺の嫁となるならば身の安全は必ず守る。幽世に来てもらわねばならないが、不自由ない生活も保障する。俺にも瑠璃子にも利益があるはずだ。俺と契約して結婚しないか？」

契約とは、互いに利があるという意味だったのか。

その点については納得したけれど、恋した経験もないのに、いきなり鬼と幽世で結婚だとは。戸惑いを隠せない。

すぐに返事ができず、目を伏せる。

幽世に赴くなんて、正直恐ろしい。紫明は穏やかだとは話していたが、あやかしたちとの生活なんて想像できない。

ただ……自分の体に宿る蛇神にもう惑わされることがないというのは、このうえなく魅力的だ。そして、死を乞うほどつらい今の生活以下になることはないはず。

――紫明がそばにいてくれるなら。

つい先ほど彼から逃げようとしていたのに、これほど短時間で信頼に気持ちが傾いてきたのは、紫明の言葉に一滴の毒もなく、痛みを一切感じないからだ。少し息苦しさを覚えるのは、きっとこの近い距離のせい。

紫明は瑠璃子の葛藤をわかっているかのように、返事を急かさずじっと待っている。

「……私みたいな者が、紫明さんの妻でも本当によいのですか？」

たまたま宿した蛇神が強くても、瑠璃子自身は死を願うほど弱い。北の国を治める一族の妻が自分に務まるのか、心配だった。

真剣に尋ねたのに、なぜか紫明は口を押さえて少し照れくさそうな顔をしている。

今度は彼の耳が赤く染まっているような……。

「やっと呼んだ」

「あっ」

無意識に彼の名前を口にしたのだが、どうやらそれを喜んでいるようだ。ずっと待っていたのだろうか。

「撤回はさせないぞ。〝あなた〟は卒業だ」

これほど重要な話をしておいて、そこにこだわっているとは。子供のような彼の一面に、自然と口角が上がる。

──私も、こんなふうに笑ったりできるんだ。

もう笑い方などとうの昔に忘れていると思っていた瑠璃子は、少しうれしかった。

「ほかの方から、どう呼ばれているのですか？」

「〝紫明さま〟だが、紫明さんで十分だ。呼び捨てでも構わないぞ」

「それは私が困ります」

どう見ても自分より年上の彼を呼び捨てにはできない。

それにしても〝さま〟と呼ばれているのは、幽世の習わしなのか、鬼一族の地位が高いからなのか。

「そうか。それで先ほどの質問の答えだが、私みたいな者という発言は今後一切禁止する」

禁止という強い言葉で制されて、緩んでいた気持ちが引き締まる。なにか気に障ったのだろうかと体を固くした。

「どうしておびえているんだ？　瑠璃子は、私みたいな者じゃない。相良瑠璃子という魅力的なひとりの女性だ」

「そんな」

紫明の気遣いはうれしかったが、過大評価をされては困る。

「私は蛇のあざまで持っていて、死にたいと願うような弱い人間なんです」

感情が高ぶるままに反論をぶつけると、紫明は瑠璃子の顎に手をかけて持ち上げ、自分の視線と合わせた。

「瑠璃子はきれいだ」

「えっ……」

甘い言葉とともに熱を孕んだ眼差しを注がれて、鼓動が高鳴っていく。

「蛇神を宿しているのは、瑠璃子のせいではないだろう？　それに、弱くなんてない。これまでひとりで耐えてきたじゃないか。迎えに来るのが遅くなってすまない」

紫明の真剣で苦しげな表情から、決して場を取り繕う嘘を口にしているわけではないと伝わってくる。

「瑠璃子は俺の嫁にふさわしい。そんな心配、まったく無用だ」

この鬼の手を取ればいいのかもしれない。なにも考えずに、その胸に飛び込めば。紫明の言葉が、自信を与えてくれる。

それに、正直言って疲れ果てていた。もうひとりで耐えるのはつらい。紫明が受け入れてくれるなら、すべてを委ねてしまいたい。

「私……相良家の娘でいるのは苦しくて……」

家を追い出されて途方に暮れたが、心の片隅ではホッとしていた。もうあの家に縛られるのがつらいのだ。どこにも居場所がないのだから。

「そうだな。相良瑠璃子はもうやめればいい」

「やめる？」

「実の父は京極というのだろう？」

「ご存じなんですか？」

つい声が大きくなる。実父について、ずっと知りたかったからだ。

「少しな。ただ……お前の本当の父は、残念ながらもう亡くなっている」

「亡くなって……」

いつか会えるのではないかと一縷の望みを抱いていたので、脱力した。

「立派な方だった。瑠璃子の実の母と離縁したのも、ふたりを守るためだった」

「守るとは？」

「京極家の一族には、蛇神を宿す者が時折生まれる。瑠璃子の祖母もそうだった」

祖母の話は初耳だ。

「お前の父は祖母が亡くなる際に、京極家は蛇神を宿す血筋だと教えられた。そのときすでに母のお腹には瑠璃子がいたのだが、父は京極の血を引く自分が離れれば瑠璃子は蛇神に見つからずに済むのではないかと考えたようだ」

「それで離婚を？」

問うと紫明はうなずいた。

「しかし、残念ながら瑠璃子は蛇神を宿してしまった。蛇神は憑依していた者が亡くなると、次の器を探す。生まれてきた瑠璃子にあざがあると知った父は、蛇神を追い出すためにあらゆることをした。神頼みもしたし、相良の父のように手術で取り除けないかも検討した。瑠璃子が生まれて三月ほど経った頃、不自然な亡くなり方をしたのだが……」

「蛇神が？」

「そうだ。異変を聞いて父とともに駆けつけたが、間に合わなかった。守りきれなくてすまない」

「そんな……」

それでは憤りとともに美月の首に手を伸ばしたように、蛇神に操られた自分が実父を手にかけたのではないかと青ざめる。

「私、私が……」

瑠璃子は自分の両手を見つめ、声を震わせた。

「誤解するな。まだ寝返りすらできない赤子にはなにもできない。蛇神はみずからが持つ〝気〟を放って瑠璃子の父を殺めたのだ。逆に考えれば、成長してからの瑠璃子は、蛇神がその気を放てないように抑えているともいえる」

「気って……」

人を殺せるほどの力がある〝気〟とはなんなのか。

「我々あやかしは、それぞれ〝気〟を持っている。その気を鍛えることであやかしとしての能力が増したり、危険を察したりできるのだ。ただその気だけで誰かを殺められる者はごく一部。蛇神はそれだけ甚大な力を有していることになる」

そう聞いても、よく理解できない。ただ、実父が自分のせいで亡くなったという事実に打ちのめされた。

唇を噛みしめると、紫明が励ますように手を握る。

「瑠璃子のせいではない。すべては蛇神のなせる業。天国の父も母も、もちろんわかっているし、瑠璃子の幸せだけを望んでいる。俺がそれを叶えよう」

紫明の言葉がすっと胸に入ってくるのは、京極の父の無念の死を知りながら助けようとしてくれているとわかったからだ。

「わかり、ました。あなたの妻に……あっ」

結婚を承諾した瞬間、瑠璃子は紫明の腕の中にいた。強く、それでいてどこか優しく抱き寄せられると、不安が吹き飛んでいく。

「ありがとう、瑠璃子。だが、ひとつ間違っているぞ」

紫明は瑠璃子を抱きしめたまま話す。

間違っているとはなんのことだろうと首を傾げると、彼は続けた。

「あなた、ではないだろう？」

「……そう、でした。紫明さま」

改めて彼の名を呼び直す。すると紫明は手の力を緩めて、瑠璃子の顔をのぞき込んだ。

「紫明さん、ではないのか？」

「皆さんが紫明さまと呼んでいるのでしたら、私も。そこは譲歩してください」

幽世で鬼が尊敬の対象であれば、敬うべきだ。

まだ紫明についてよく知らない瑠璃子は、そう考えたのだった。

「仕方ないな」

苦笑しつつも瑠璃子の願いを呑んだ紫明は、一転真摯な視線を向けてくる。

「娶るからには幸せにする。もう離さぬから覚悟しておけ」

威圧的な物言いだったが、紫明の表情は柔らかい。

きっと幸せになれるし、彼が自分を認めてくれるのなら、そうなるために努力を重ねればいい。

「はい」

返事をすると、うれしそうに微笑んだ紫明は、瑠璃子を再び引き寄せて強く抱きしめた。

求められる幸せ

紫明に手を引かれて、暗い夜道を歩く。相良家を飛び出したときは心の中も闇だったのに、今は晴れ晴れとしている。

指を絡めて握られた紫明の手は力強く、この手を放さなければきっと安心だと思えるのが不思議だ。

まさか十八で結婚するとは思わなかったが、後悔はしていない。冷たい水に身を投げるよりずっといい。

「瑠璃子、怖いか？」

隣の紫明がふと足を止めて尋ねてくる。

「いえ」

「嘘をつくな。顔が引きつっているぞ」

紫明は微笑みながら瑠璃子の頬を指で突いた。

「俺の隣を最高の場所にしてみせる」

紫明にとって、瑠璃子の中の蛇神を監視し、みずからの力を強めるための婚姻のはずなのに、いたわる言葉をくれる。

「……本当は少し怖いです。紫明さまが鬼だというのも、まだ信じられないくらいで」

瑠璃子は素直な胸の内を漏らした。紫明がそれを望んでいるような気がしたのだ。

「まっとうな意見だ。これから向かう俺が住む屋敷には、瑠璃子の世話をする侍女がいるが、心根の優しい者を選んであるから安心してくれ」

「侍女？」

自分にそんな存在の者がつくなんて、驚きだ。

「そうだ。三人選んであるが足りなければ――」

「十分です」

足りないなんてとんでもない。

瑠璃子の声は大きくなる。

「そうか？」

「自分のことは自分でできます。そんな気遣いはいりません」

自分のことどころか、相良家の家事は主に瑠璃子が担当してきた。幽世の生活がどんなものかまだわからないけれど、生活するのに困らないはず。

「気遣いではない。俺がそうしたいのだ。それに、侍女たちも早く瑠璃子を連れてこいと楽しみにしている」

「楽しみに？」

紫明は思いつきで求婚したわけではないのだとはっきりわかった。しかし、あやかしに歓迎してもらえるというのが不思議ではある。

「そうだ。もちろんあやかしにもいろんな者がいる。だが、屋敷の中は快適に過ごせるようにと思っている。俺の従者で少し気難しいやつがいるが、決して悪い男ではない。なにか気に障ったら俺に言えばいい」

話を聞いていると紫明の周辺はあっさり受け入れてくれそうだけれど、人間を嫁に娶ることは普通なのだろうか。

「ほかに人間はいるのですか？」

「今はいない。遠い昔に瑠璃子のように嫁いできた者はいたけどな」

それまたびっくりだ。

「その方は？」

「もうかなり昔の話だ。亡くなっている」

「そうですか」

会ってみたかったけれど残念だ。でも、人間が幽世で生活していたと聞いて安心した。

「さて、覚悟が決まったら、そろそろ幽世に行きたいのだが」

「どうやって行くんですか？」

街の外れまで歩いてきたけれど、どうやって幽世に行くか聞いていなかった。

「すぐそこに幽世とつながる入口がある。もちろん人間は知らないし、あやかしと一緒でなければ行き来はできない」

当然瑠璃子も初耳だ。

「安心しなさい。こちらに戻ってきたいときは、俺が同行しよう。二度と帰ってこられないわけではない」

最大限の配慮を感じた瑠璃子は、笑顔を作ってうなずいた。紫明と一緒なら、きっと怖くない。

その反応がうれしかったのか、紫明も頬を緩ませる。

「行こう」

「はい」

瑠璃子が返事をすると、紫明は再び力強く足を進めだした。

幽世につながる入口は、鬱蒼と茂る林の奥にあるそうだ。ざわざわと風が立てる不気味な音にビクビクしながら足を進めると、突然視界が開けた。さっきまでの不気味さが嘘のように、その場所からはなにか神秘的なものを感じる。

「さて」

足を止めた紫明は、右手をゆっくり上げていき、手のひらを前方に向けて視線の高さで止める。するとその手から青白い光が放たれ、目の前の景色がゆがんだ。

「この先が幽世だ」

いよいよ幽世に赴くと思うと、少し緊張する。それが伝わったのか紫明は瑠璃子の手をしっかりと握り直した。

「大丈夫か？」

紫明は念押しするように聞いてくる。

「緊張はしていますけど、ためらいはありません。紫明さまを信じています」

その言葉に嘘はない。ここまで歩いてくる間に完全に覚悟が決まった。今さら結婚を撤回するつもりはないし、行きたくないと駄々をこねるつもりもない。それはおそらく、紫明への信頼が少しずつ大きくなっているからだ。

「そうか。それはうれしい」

月明かりが差す紫明の顔がほころんでいる。ふと空を見上げると、いつの間にか空が晴れ渡り、無数の星が瞬いていた。

星々が門出を祝ってくれていると考えるのは都合がよすぎるだろうか。でも、物事を前向きに考えられるようになっているのはよい兆候だ。

「参るぞ」

瑠璃子の手を一旦放し、腰をしっかりと抱いた紫明は、その足を踏み入れた。

「あっ……」

すると、たちまち視界が揺れる。車酔いをしているかのように、みぞおちあたりがむかむかしてきて吐きそうだ。たまらず目を閉じると、それに気づいた紫明が強く抱きしめてくれた。

けれどそれもつかの間。すぐに正常に戻り、おそるおそる目を開けた。

「着いた。すまない。慣れていないと気分が悪いな」

「すぐでしたから平気……」

紫明と会話を交わす瑠璃子の目は、目の前に出現した大きなお屋敷をとらえていた。

周囲を雲海に囲まれたそれは、天空の城のようだ。あまりに幻想的で息を呑む。

あそこが、あやかしたちが住む幽世なのだろう。

「俺の家だ」

想定外の言葉に、呆気にとられて瞬きを繰り返す。

「あの中に、紫明さまの家があるということですか？」

「中に？　あれは全部俺の家だ。ほかのあやかしたちは……」

紫明は説明しながら瑠璃子の肩を抱いて振り向かせた。すると眼下に大きな街らしきものが見える。

「あそこに多数住んでいる」

紫明があたり前の顔をして指さすが、瑠璃子の目は転げ落ちそうだった。

雲海に浮かぶ和風の建築物は、いち個人の所有物としては大きすぎるのだ。周囲を囲む漆喰の塀はどこまでも続いていて、中央に立派な門。その奥に見える家屋は平屋ではあるけれど、一国の主が住んでいそうなほど大きい。

「これから瑠璃子の家にもなるんだぞ」

「こんな、広い……。何人住んでいるんですか？」

この規模から想像するに、二、三十人は住んでいてもおかしくない。おそらく鬼一族の住居なのだろうと尋ねる。

「瑠璃子の侍女三人と、俺の右腕として働いている千夜。住み込みはそれだけで、あとは護衛が入れ替わりで五、六人くらいは常にいる」

このお屋敷に瑠璃子も含めて六人しか住まわないとは、なんという贅沢だろう。それに……。

「紫明さまって、もしかしてすごく偉いお方ですか？」

単刀直入すぎるとも思ったけれど、なんと聞いたらいいのかわからない。ほかのあやかしたちの住居とは異なる場所に城のような屋敷を持ち、護衛までいる紫明がただ者ではないと感じたのだ。

「ただの鬼だけど？」

紫明は飄々と語る。

「北の国を治めたりはしていない……ですか？」

瑠璃子が歴史で学んだのは、こうした小高い山の上に立つ城は、その国の主のものだ。

「まあ、鬼一族の頭ではあるな」

「嘘……」

北の国は鬼一族が治めているのだから、すなわち紫明はこの国の主と同意だ。

鬼の嫁で驚いている場合ではなかった。とんでもないあやかしと結婚を決めてしまったようだ。

「本当だ」

どうして紫明はこれほど冷静なのか。信じられない。

「やっぱり私が嫁では――」

「離さないと言わなかったか？」

紫明はすかさず瑠璃子の発言を遮る。

「おっしゃいましたけど、紫明さまがそんなすごいあやかしだとは……」

「そういう境遇に生まれただけだ。気にするな」

「気になります！」

むきになって突っかかると、紫明は肩を揺らして笑い始めた。

「なにがおかしいんですか？」

必死な瑠璃子は、笑われているのが腑に落ちない。

「いろんな顔ができるじゃないか。でも、ここにしわを寄せるのはやめておけ。せっかくの美人が台無しだ」

紫明は瑠璃子の眉間を指で突く。

そういえば、さっきから思ったままを口にしている。両親や美月たちの前では出てこなかった言葉がすらすらと飛び出すのが自分でも意外だ。

「俺にはこの国を平穏に保つ義務がある。そのための努力は惜しまないつもりだ。でも、瑠璃子の前ではただの男でいたい」

熱い視線で瑠璃子を縛る紫明は、手を伸ばしてきてそっと瑠璃子の頬に触れる。

すると、瑠璃子の心臓が早鐘を打ち始めた。こういうときの紫明がとんでもなく艶やかだからだ。

「瑠璃子」

紫明の薄い唇が、自分の名の形を作る。

「はい」

「我が妻よ。ようこそ幽世へ」

優しい笑みを浮かべる紫明は、瑠璃子の右手を持ち上げて、その甲におもむろに熱い唇を押しつけた。

「なにして……」

「夫が妻に触れてなにが悪い」

「でも私たちは、契約結――」

続きを言えなかったのは、紫明の長い指が瑠璃子の唇を押さえたからだ。

「それは、ほかの者には秘密だ。瑠璃子が蛇神を宿していることを知られると、いい顔はされないだろう。だから仲睦まじい夫婦の姿を見せつけないとな」

「え……」

自分の中の蛇神の存在も、この婚姻がただの契約であることも秘密にするとは思わなかった。とはいえ、皆が蛇神を嫌っているのであれば、そのほうが賢明かもしれない。

ただ、仲睦まじい夫婦だなんてどうしたらいいのかわからない。

「安心しろ。そこは俺が引っ張る。瑠璃子は初心でかわいい妻でいてくれればそれでいい」

この結婚にそんな高いハードルがあるなんて。

瑠璃子が目を白黒させていると、紫明はクスクス笑いだす。

「結構、感情が豊かなんだな。安心した」

「そんなことは……」

「今、すごく動揺してるだろ？　難しくはない。ありのままの瑠璃子でいいということとだ。ああ、三人娘がしびれを切らしたようだ。瑠璃子を呼んでいる」

「呼んでいる？」

なにも聞こえない瑠璃子は首を傾げる。すると紫明は、楽しそうに口の前に人差し指を立てた。

「紫明さま、早くお帰りくださいよー」

「ひとり占めはなしですよ」

「待ちくたびれました」

かすかにそんな声が聞こえてくる。呼んでいると言われて意識を集中したから聞こえたけれど、これを会話しながら聞き取ったとは。人並外れた聴覚を持っていそうだ。そもそも彼は人ではないが。

「三人娘とは？」

「瑠璃子の侍女たちだよ。早く会いたくてうずうずしてる」

「私に？」

瑠璃子は紫明の話がにわかには信じられなかった。邪魔だと言われたことは数知れず。けれど、会いたいと懇願されたことは一度もないからだ。

「そうだ。俺の帰りはどうでもいいのだろう。これでも一応、頭なのだが。さあ、行こう」

　半信半疑ながらも、瑠璃子は差し出された手を握った。すると、遠くに見えていたはずの屋敷の前に一瞬で移動していたので、目を瞠る。

　門を出たところには、紫明より少し背が低い細身の男性が立っていた。艶のある黒髪で襟足短めの男らしい紫明とは違い、彼は長い銀髪をひとつに結っておりどこか中性的。〝美しい〟という言葉がぴったりだ。しかし眼光は鋭く、威圧感がある。

「おかえりなさいませ」

　紺青色の着物を纏った男は、丁寧に腰を折った。

「ああ。瑠璃子だ。予定通り祝言を行う」

　契約結婚なのに、祝言までするとは驚きだった。でも、本当の夫婦を装わなくてはならないのなら、すべきかもしれない。

「かしこまりました。瑠璃子さま、初めまして。紫明さまにお仕えしております千夜と申します」

　次に瑠璃子のほうに体を向けた千夜は、紫明にしたように頭を下げた。背筋を伸ばしての流れるような所作から品を感じる。

「相良……いえ、京極瑠璃子と申します。どうぞよろしくお願いします」

　相良瑠璃子と名乗ろうとしたが、京極に変えた。すると隣の紫明は優しく微笑んでいる。自分を守ろうとして命を落とした京極の父の子でありたいと考えたのが、伝わっているのだろう。

「千夜は優秀な男だ。俺がそばにいないときに用があれば、彼に遠慮なく伝えなさい。ちなみに千夜はかまいたちだ」

「かまいたち……」

風に乗って現れては切りつけるという、あのあやかしだろうか。人形の彼からはその面影は感じられない。

「それほど心配しなくていい。あやかしの姿になったり、その能力を使ったりすることはまれだ。人間と同じような生活様式だし、人間だと思って接しても問題ない」

紫明が言うと、千夜はもう一度お辞儀をしてから一歩離れる。

動作がきびきびしていて無駄がないうえ、たおやかなたたずまいに気圧される。人間よりずっと丁寧だと瑠璃子は感じた。ただ、にこりともしないのが少し気になった。

そんな千夜とは違い、そのうしろに控えている三人の女性はずっとそわそわしている。

「待たせたな。前に出なさい」

三人に視線を移した紫明は、命を下した。すると三人は跳ねるように瑠璃子に歩み寄り、並んで弾けた笑みを見せる。

「右から、和。雪女だ。真ん中が芳でろくろ首。そして左が花。彼女は鬼の仲間だ」

和は切れ長の大人っぽい目と、尻まで届く長い黒髪が印象的。透き通るような白い肌を持つ芳は髪をかんざしで結っていて、ひょろりと背が高い。おかっぱ頭の花は小柄ではあるけれど、なんとなく一番元気そうだと感じる。ニッと笑うときに見える八重歯がかわいらしい。全員おそろいの老竹色の着物を纏っている。

あっさりあやかし紹介をしていく紫明だけれど、雪女だのろくろ首だの言われて、平気でいられるほど瑠璃子は強くない。

とはいえ、怖がっては失礼なのではないかと必死に平静を装った。しかし、緊張のあまり息がうまくできない。

「瑠璃子？」

なんの反応もしない瑠璃子を不思議に思ったのか、紫明が顔をのぞき込んでくる。

「瑠璃子さま！　お待ちしておりました」

「甘ーいお饅頭をご用意していますよ」

「おせんべいのほうがよろしいですか？」

花が口火を切ると、和、芳、と続く。

想像していたのとは違い、和気あいあいとした雰囲気に拍子抜けだ。

『早く会いたくてうずうずしてる』というのは本当だったらしい。三人の輝く目は、頭である紫明を無視して瑠璃子に注がれている。

しかも、饅頭だのせんべいだの、本当に人間と同じだ。

「お前たち、瑠璃子さまが驚いていらっしゃる。下がりなさい」

ピシャリと三人を制したのは千夜だ。すると笑顔だった侍女たちは途端に表情を引き締める。

「あっ、私は大丈夫ですから」

本当は大丈夫だとは言い難いけれど、自分のせいで三人が叱られたとなると申し訳ない気持ちでいっぱいになる。瑠璃子も散々自分の罪ではないことで怒号を浴びてきたから、余計に。

「まあ、いいじゃないか」

助け舟を出してくれたのは紫明だ。

「ただ、お前たちは瑠璃子を知っていたが、瑠璃子はお前たちの存在を初めて知ったのだ。それに、幽世という世界があることもな。現世では俺たちあやかしは恐ろしい存在なのだ。顔も引きつる」

どうやら紫明は、瑠璃子の戸惑いに気づいていたらしい。けれどそれを本人たちの前で明かされては、立場がない。

そう心配したけれど、千夜と三人の表情に変わりはなかった。

「当然です」

千夜がそう言うと、三人も同意するようにうなずいてる。しかも嫌悪感のようなものは一切感じられなくてホッとする。

「瑠璃子。遠慮はいらない。思ったことを話しなさい」

意外にも紫明は、瑠璃子に会話を促した。でも、そうやって指示されると話しやすい。

「私……まだちょっと怖いんですけど……」

正直に打ち明けたのに、侍女の三人は真剣に耳を傾けてくれる。千夜は表情ひとつ変えず背筋をピンと伸ばして立っていた。

「紫明さまが信頼する皆さんのことは、信じています。ふつつか者ですが、どうかよろしくお願いします。あっ、あと……お饅頭は大好きです」

最後にそう付け足すと、紫明はおかしそうに白い歯を見せる。

「私と一緒！」

和が思わずといった様子で声をあげると、千夜ににらまれている。紫明が千夜について『少し気難しいやつ』と話していたが、侍女たちとは違いひどく冷静で、そのせいか冷たくも感じた。

それにしても、雪女がこんなに明るくて親しみやすい存在だとは知らなかった。

表情の読めない千夜は別として、侍女たちへの警戒心が薄まっていく。

「しかし、こんな夜更けに饅頭というのも」

紫明が空を見上げてつぶやく。

幽世の空にも月が昇っている。こうしたところも現世と同じようだ。

「すみません。皆さん、お休みの時間だったのではありませんか？」

紫明に川で会ったのはおそらく二十時近かった。現世と同じ時間が流れているとしたら、もうかなり遅い時間になっているはずだと思い焦る。

「なにを謝っているんだ。彼らは俺と瑠璃子の従者なのだから当然だ」

紫明はそう言うけれど、納得できない瑠璃子は首を横に振る。

「当然なんてとんでもない。誰にだってお休みの時間は必要です。体を休めなければ倒れてしまいます」

そう話しつつ、相良家では心も体も休まる時間がなかったと考える。だからこその願いだった。

あたり前の話をしたはずなのに、侍女たちはきょとんとしている。

「これぞ俺の嫁だ。心を尽くしてくれ」

不意に瑠璃子の肩を抱いた紫明が、なぜか自慢げに話す。

「承知しました！」

侍女三人の声がそろった。

「瑠璃子。夜は食べたのか？」

「いえ」

そういえば、夕食の前に相良家を飛び出して、それからなにも口にしていない。けれど、食事をとれないのは珍しいことではないので気にしてもいなかった。

「なにか軽い食事を俺の部屋に用意してくれ。祝言は明後日に行う。明日は準備を頼む」

ついさっき紫明との結婚を決めたばかりなのに、もう祝言とは。驚いて紫明を見つめると、彼はふと口角を上げた。

「すぐにでも夫婦の契り(ちぎ)を交わしたいのだ。だめか？」

少し甘えたような声で問われて、心臓がドクンと大きな音を立てる。

「素敵」

そう漏らしたのは、瑠璃子ではなく花だ。四人に見られていると我に返った瑠璃子は、恥ずかしさのあまり両手で顔を覆(おお)った。

けれど紫明は許してくれない。

「瑠璃子、答えは？」

「……だめじゃ、ありません」

ようやくのことで答える。

紫明の演技がとてつもなく甘くて戸惑うばかりだ。

「聞いたか？　瑠璃子も俺との結婚を喜んでいる」

その解釈は少々強引すぎる。とはいえ、喜んでいないわけでもないし結婚を決めたのも事実で反論できず、瞬きを繰り返すだけ。

「一生に一度の大切な日になる。粛々と丁寧に準備してほしい」

「御意」

千夜が凛々しい声で答えると、侍女たちも深々と頭を下げた。

「瑠璃子、俺の部屋に行こう」

紫明に差し出された手を握るのは、徐々に慣れてきた。というのも、自分たちの間には愛がないことを悟られないようにするためか、紫明の言動が砂糖菓子でも食べているかのように甘くて、手をつなぐくらい大したことではないと錯覚してしまうのだ。

初めて足を踏み入れたお屋敷は、どこからかい草のいい香りが漂ってきて落ち着く。畳もあるらしい。

人間と違わぬ生活様式で、紫明たちがあやかしだと知らなければここが幽世だとはわからないに違いない。

「冷えただろう？　部屋は暖かいはずだ」

広い玄関を上がり、迷路のような廊下をひたすら進む。紫明がいなければ、間違いなく迷いそうだ。

やがて紫明は柔らかな朱色の光が漏れるとある部屋の前で立ち止まり、障子を開けた。

畳が十八枚敷かれているその部屋は、廊下から一歩入るだけでまるで温度が違い、川風にあおられて冷えた瑠璃子の体を温めてくれた。

温かみのある光を放っているのは、行灯だ。ほかには立派な桐箪笥と座卓が置かれている。

「ここが俺の部屋だ。もっと広い部屋もあるんだが、広すぎても落ち着かなくて」

それはなんとなくわかる。ただ、ずっと四畳半が自分の空間だった瑠璃子にしてみれば、ここでも十分すぎるほど広い。

紫明は火鉢の近くにあぐらをかき、瑠璃子を手招きする。

「キャッ」

近寄っていくといきなり腕を引かれて、紫明の脚の上に座らされてしまった。

「し、紫明さま？」

「どうした、瑠璃子」

行灯があってよかった。頬の赤みは、行灯の淡い明かりが隠してくれているはずだ。

一方、左手で瑠璃子の腰を支える紫明は、なんでもない顔をしていた。

「下ろしていただけますか？」

「さっきはおとなしくしていたではないか。仲睦まじくしておかないと、結婚がただの契約だと悟られてしまうぞ」

「でも！」

　ここまでしなくても夫婦は装える。

「それに、ほら」

　紫明は冷えた瑠璃子の手を大きな手で包み込んだ。

「指先が冷たい。随分荒れているな」

　まじまじと手を観察されて、スッと引いた。

「こんなガサガサの手を見ないでください」

　相良家の家事は瑠璃子の仕事であり、友達と遊びほうける美月とは対照的に毎日水仕事にいそしんだ。そのため瑠璃子の手は、同級生たちのそれと比べると荒れていて恥ずかしい限りだ。

「私より、紫明さまの手は大丈夫だったのですか？」

「手がどうかしたのか？」

「助けてくださったとき、太い木を叩きましたよね」

　美月を殺めそうになったときのことをふと思い出し、問う。大きなけがをしているようには見えないけれど、大丈夫だったのだろうか。

「ああ。あのくらいのことでどうにかなるような手はしていない」

あの太い幹に亀裂を入れた右手を出されて間近で観察するも、かすり傷ひとつなかった。

「あのくらいって……。すごい力」

いら立ちを収めるために軽く叩いたという感じだったのにもかかわらず、幹が真っぷたつになりそうな勢いだった。

「そもそもあやかしは、人間と比べると身体能力が高い。鬼は特に力もあるしそこそこ俊敏だ。あれでも随分抑えたつもりだったが、我慢すべきだったな。うっかり木を倒すところだった」

人間なら道具がなければ無理だ。それをうっかり、しかも素手でできてしまうとは、驚きしかない。

「あやかしは人間以上の力を持つからこそ、約束ごとがある。それを頭である俺が率先して破るわけにはいかず、ずっとやきもきしていたのだが……」

「約束ごととは？」

「まあ、それはおいおい話そう。それより瑠璃子だ」

紫明が気になることを言いだしたので尋ねたものの、濁された。

「この手の傷は瑠璃子の努力の証だろう？　恥ずかしがることはない」

努力の証だなんて。

この手をそんなふうに褒められるとは思っていなかった瑠璃子は、目をぱちくりする。

「どうかしたのか？」

「紫明さまはちょっと変です。皆この手を見て笑うのに」

美月だけではない。クラスメイトからも悪口を叩かれた。

「ははは。変か。変でもいいじゃないか。それが俺だ。夫の俺が瑠璃子を美しいと言っているのに信じられないのか？」

近い距離でまっすぐに見つめられると、頭が真っ白になってしまう。

「そういうわけでは……」

「ほかの者の悪態は、瑠璃子への嫉妬だ。瑠璃子は誰よりも心が清らかで、内面からにじみ出る優しさが顔にも表れている。お前の妹や周囲の者は、自分の内にある黒い部分に気づいていて、それがない瑠璃子をうらやましく思って妬んでいるのだよ」

「妬んで？」

そんな考え方をしたことはなく驚いた。それに、いつも美月や恵たちに対して憎しみの感情を抱いていたし、両親にだって同じ。心が清らかというのは間違いだ。

「私は美月を恨んでいましたから、清らかではありません」

　正直に打ち明けるも、紫明は首を横に振る。

「それは妹の自業自得だ。あちらから仕掛けてきているのだから、あってしかるべき感情だろう。でも瑠璃子は、なにをされようともほかの者に怒りの矛先を向けることはなかった。あんなことをされても、美月やその友を殺めてはならないと自制心まで働かせて……」

「どうしてそんなにお詳しいのですか？」

　まるでずっと見ていたかのようだ。

「どうしてだろうな。この目が瑠璃子を捜すのだ」

　濁された気がしてもっと深く問いただしたかったが、廊下から声が聞こえてきた。

「紫明さま、お食事をお持ちしました」

　この声は、芳だ。

「入ってこい」

　紫明がそう言った瞬間、まだ膝の上にいるのを思い出して慌てて離れようとしたのに、かえって抱き寄せられる。

「まあまあ、仲がよろしくて」

　障子を開けた芳が、ふたりを見て白い歯を見せる。

「ち、違います、これは……」

「違うのか？　瑠璃子」

紫明があからさまに肩を落とすため、それ以上は否定できない雰囲気だ。それに、この婚姻は愛で成り立っているものではなくただの契約で、瑠璃子の中に蛇神が宿っていると気づかれてはならないならば、紫明に合わせておくべきかもしれない。

「違いま、せん」

小声で答えると、紫明は満足そうに微笑み、芳はうれしそうに両手で口元を押さえた。

芳が持ってきてくれたのは、雑炊（ぞうすい）だった。どうやら食べ物も現世と変わらないらしい。

野菜がたっぷり入ったたまご雑炊が、芯（しん）から冷えた瑠璃子の体を温める。

「おいしい。優しい味です」

なぜか隣に座った紫明にそう伝えると、彼はにっこり微笑む。

「あの三人は皆、料理がうまい。好きなものを頼めば作ってくれると思うぞ」

「好きなもの……」

相良家では自分がほとんど調理をしていたし献立を考えるのは楽しかった。でも基本、自分の好きなものより家族の舌が優先だった。だからか、好みに合わせて作ってもらえるというのが新鮮で、考え込んでしまう。

「どうした？　ひとつに決めなくてもいい。毎日、毎食好きなものにしても」

「ありがとうございます。私も料理は得意で。紫明さまがお好きなものを作ってはいけませんか？」

そう尋ねると、彼は目を見開いている。

「……すみません。余計なことでした」

侍女たちが料理上手ならば出る幕ではなかったと発言を撤回したのに、紫明に手を握られて今度は瑠璃子が目を丸くする。

「瑠璃子の料理が食べられるのか？」

「は、はい。でも、あんまり期待されると……」

料理人ではないのだし、いわゆる家庭料理しかできない。過度に期待されてがっかりされては困ると伝える。

「うれしいな」

「聞いていますか？」

あからさまに頬を緩める紫明に指摘したものの、どこ吹く風だ。

「でも、いつもは任せておけばいい。瑠璃子は今まで走りに走ってきたんだから、休みなさい」

「ありがとうございます」

毎日忙しくてもそれが当然だったので、休みたいと思ったことはない。休めばそれ以上の暴言が待っているのだから、働いていたほうがよかった。それもここでは求められないようだ。

今までの〝あたり前〟の基準がいとも簡単に崩れていく。

雑炊を食べ終わる頃、今度は花と和がお茶と饅頭を持ってきてくれた。

「どうしても食べさせたかったんだな」

紫明は饅頭を視界に入れてクスッと笑う。

「うれしいです。いただきます」

たっぷりの粒あんを柔らかい求肥(ぎゅうひ)で包んだそれは、甘さ控えめで小豆(あずき)の味がしっかりわかり、上品な味だ。

「これもおいしい」

そういえば、おやつを食べたのは久しぶりだ。

「さっき見えた街には、たくさんの商店がある。人間の食べ物はおいしいと評判で、現世に修業に行く者もいる。和菓子屋もあるんだ。多分この饅頭もその店のものだ」

「和菓子屋まで？」

幽世とはもっと恐ろしい場所なのではないかと勘ぐっていたけれど、もうひとつの現世という感じだ。

「食べ物は充実してる。あやかしは食いしん坊で」

「楽しそう」

「そのうち行ってみよう」

紫明の提案にうなずく。

楽しみがひとつできた。


食事のあとは入浴も勧められた。

三人の侍女がやってきて、洋服を脱がせようとしたり、背中を流すと言いだしたりしたため、必死で固辞する羽目になった。

そんなことをしてもらう習慣は当然なく、裸を他人にさらすのが恥ずかしくてたまらないのだ。しかも、この醜い蛇のあざを見られてはいけない。

世話ができないのが悲しいらしく、和が「どうしてですか？」としょげていたけれど、これればかりは我を通させてもらった。

広い湯舟の中の湯は温泉らしい。あやかしも温泉を楽しむとはびっくりだった。これから毎日温泉に浸かれるというのは、かなりうれしい。

ちょうどいい湯加減の風呂でふと自分の左肩を見る。このあざのせいで、随分苦しんだ。学校の水泳の授業は大きな絆創膏を貼って出席したものの、あざについて知っている同級生に無理やりはがされて泣いたこともあった。両親は美月だけを海水浴や温泉に連れていき、瑠璃子はいないものとして扱われるのが当然だった。

「あー、もう！」

せっかく紫明が相良家から連れ出してくれたのに、余計なことを考えるのはよそう。

心なしかすべすべになった肌で出ていくと、まるで撫子の花びらのような石竹色のかわいらしい浴衣が用意されていた。きっとこれが寝間着なのだ。

ところが、浴衣なんて初めてで着方がわからず、適当に羽織って簡単に腰のあたりを帯で結んで出ていった。すると廊下で三人が待ち構えている。

「ごめんなさい。待たせていましたか？」

そうとは知らず、温泉を満喫してしまった。

「いえいえ。温まりましたか？」

和が笑顔で尋ねてくる。

「はい、いいお湯でした。すみません、着付けがわからなくて……」

「承知しました！」

待ってましたと言わんばかりに声をそろえた侍女たちは、満面の笑みを浮かべて脱衣所に戻り、瑠璃子の浴衣の乱れを直し始めた。

「お着物は、必ず右前で着ます。忘れそうでしたら、殿方が右手を差し込みやすいほうだと覚えてくださいませ」

「殿方？」

花がとんでもないことを言いだした。

「間違えられても、紫明さまがお直しになられますよ」

さらに芳の口から紫明の名が出て、顔から火を噴きそうなほど恥ずかしい。

彼女たちはこの結婚が互いの利益のためのただの契約だと知らないのだから、当然夜の関係も持つと思っているに違いない。いや、もしかして持つのだろうか。

紫明は蛇神を宿す自分と夫婦になれば力が増すと話していたが、よくよく考えると単に婚姻をすればいいとは思えず、今さらながらに動揺する。

言葉が見つからなくなった瑠璃子は、ただ黙っていた。

「できましたよ。まあ、おきれい。紫明さまが愛でられるのがよくわかります」

和はすこぶる上機嫌だ。

「愛で……」

「そうですよ。たっぷり愛されてくださいい」

なぜか赤面した花が、自分の顔を両手で押さえている。

今晩の想像をされているのだ、きっと。

「いえ、私たちは……」

『そんな関係ではないんです！』と叫びたくても、この結婚に愛がないのは秘密なのだから呑み込んだ。

「ささ、紫明さまがお待ちですよ」

先に湯浴(ゆあ)みをしたはずの紫明の部屋へとまた連れていかれる。別の部屋で休みたかったけれど、期待いっぱいの三人を前にとても言いだせなかった。

とはいえ、出会ったときの恐怖はすっかり消えている。なかなかグイグイ来るけれど、とても朗(ほが)らかな侍女たちだ。さすがは紫明が選んだだけのことはある。

「紫明さま、瑠璃子さまをお連れしました」

「入れ」

廊下から和が声をかけると、凛々しい紫明の声がする。芳が開けた障子(しょうじ)の向こうには、紺の浴衣を纏った紫明の姿が見えた。

布団がふた組、並んで敷かれているのが視界に入り、困惑でいっぱいになってしまう。

「どうした、瑠璃子。入ってこい」

動揺する瑠璃子に気づいただろう紫明は、ふっと笑みをこぼしている。

「は、はい」

一歩足を踏み入れると、それを待ち構えていたかのように障子がピシャリと閉まった。

『たっぷり愛されてください』という花の言葉が頭をぐるぐる回りだし、卒倒しそうだ。

するとふふふふというかすかな声が耳に届く。紫明が口を開けずに笑っているのだ。

「カチコチだな」

そう指摘されても、一歩も動けない。そうしているうちに紫明が立ち上がってやってくる。

先ほどの袴姿もそうだったが、着慣れない瑠璃子と違って浴衣姿が様になっている。少しはだけすぎだと感じる襟元に視線が向いてしまい、瑠璃子にはない大きな喉仏が上下に動くのを見つけて、酸素が肺に入ってこなくなった。

「瑠璃子」

優しく名を呼ばれて肩を抱かれては、大げさなほどにビクッと反応してしまう。

「せっかく湯で温まったのに冷えてしまうぞ。布団に入ろう」

「いえ……結構です」

緊張のあまり、素っ気ない返事をしてしまった。

別の部屋はないのだろうか。

「結構って……。夫婦になるんだろう？　俺たち」

耳元で艶やかにささやかれて、目を白黒させる。

「初日から部屋を別にしたらあやしまれる。安心しろ。思慮なく手をつけたりはしない」

紫明の発言にホッとしたのと同時に、そういうことを考えてためらっているのを見透かされているようで、恥ずかしさのあまり体がカーッと熱くなる。

「耳が赤いぞ」

「違います」

耳を両手で押さえて首を横に振る。

「だから、押さえると認めたも同然だ」

これは条件反射というものだと反論したいのに、そんな余裕はどこにもないのが残念だ。

瑠璃子は結局、紫明の隣の布団に入ることになった。

緊張のあまり顔を引きつらせていると、片肘をついた紫明がじっと見つめてくるので、どうしたらいいのかわからない。

「明日はあの三人があれこれうるさいぞ。だから、しっかり寝ておいたほうがいい」

「はい」

祝言の準備のことだろう。

「あっ、相良家は……」

なにも言わずに飛び出したままだ。心配されているとは思えないが、このまま消えては捜索願でも出されるかもしれない。連れ戻したいわけではなく、相良家の汚点である瑠璃子があちらこちらで悪評(あくひょう)を広める前に回収したいだけだろうけれど。

「あちらは千夜に任せておけばいい。あいつが対応する」

千夜の姿が見えないと思ったら、そんなことまでしてくれているとは。

「私、羽織を置いてきてしまって……」

相良家に戻りたいとはどうしても思えないが、つらいときを支えてくれたあの羽織は宝物。瑠璃子がいなくなれば間違いなく捨てられてしまうだけに、なんとか取り戻したい。

「大切なものなのか？」

「はい」

即答すると、紫明はなぜかうれしそうに目を細める。

「そうか。それでは明日の朝一番で、俺と一緒に取り返しに行こう。人間は婚姻の際に、相手の親に挨拶に行くんだったな」

「……そうです」

「ついでにそれも済ませよう。これで相良家と縁が切れるだろうが、後悔はないか？」

「それはまったく。でも、鬼と結婚だなんて……」

どう説明するつもりなのだろう。

「その点は俺に任せておけ。瑠璃子はなにも話さなくていい」

紫明にはなにか秘策があるようだ。

「すみません」

迷惑ばかりかけている気がして謝ると、紫明は瑠璃子の頬にかかっていた髪をそっとよけて微笑む。

「瑠璃子を連れ去ったのは俺だ。それに、夫になる者として妻を守るのは当然だ」

守られるという経験がない瑠璃子は、ありがたくて目頭が熱くなる。すると紫明がほどよく筋肉のついたたくましい腕を伸ばしてきて、あっという間に瑠璃子を抱き寄せた。

「努力した者は幸せになれる。俺は幽世をそういう場所にしたいと思っている」

紫明がこの北の国を治めているあやかしの頭であることは、まだ実感がない。しかし今の言葉を聞いて、相応の覚悟があるのだとわかった。

「素敵です」

「だから瑠璃子は幸せになる権利がある」

自分は努力してきたのだろうか。与えられた環境の中でどうやったら傷つかずに生きていけるかばかり考えていた。こうして相良家を離れて冷静になると、自分の弱さが残念だ。とはいえ、限界でもあった。

「しかし瑠璃子に素敵と言われると、ますます頑張らなければならないな」

紫明は少しおどけた調子で話す。

きっと彼は心の強いあやかしなのだろう。瑠璃子は自分のことですらうまく立ち回れないのに、彼は幽世を守ろうとしている。

「幸せ、に……」

紫明の腕の中でつぶやくと、彼の手に力がこもる。

「俺が必ずそうしてやる。だから今日はとにかく休め」

抱きしめられて体を固くしていたのに、紫明の声が心地よく、そして優しい言葉に安堵して、瑠璃子はまぶたを下ろした。

翌朝は朝一番で紫明とともに現世に戻った。千夜の姿は今朝も見えず、ひと足先に現世に向かったらしい。
渋くて深い青――呉須色(ごすいろ)の着物姿の紫明は、おどおどする瑠璃子とは対照的に堂々としている。朝日を浴びた彼は、目にかかった前髪をさらりとよけてから、相良家の玄関のチャイムを鳴らす。人間の生活習慣を心得ているのが意外だった。

『はい』

「突然失礼いたします。紫明と申します。瑠璃子さんとの結婚を許していただきたく参りました」

いきなりそう切り出した紫明に驚いたものの、もっと驚いているのはインターホン越しの母だ。

『け、結婚？　お、お待ちください』

玄関から出てきたのは背広姿の父だった。会社に行く準備をしていたのだろう。どうやら一晩いなかった瑠璃子を心配してもいないようだ。

「いきなりなんだね。瑠璃子、お前はどこに……」

眉間にしわを寄せて紫明と瑠璃子を交互に見つめる父の肩越しに、母とあんぐり口を開けた制服姿の美月の姿も確認できた。昨日より包帯が大げさに巻かれているのは、瑠璃子のせいでけがをしたと友人たちに知らしめるためのような気がする。今までもそれに似たようなことがあった。

「出ていけとおっしゃったのではありませんか？　ですがご心配なく。瑠璃子さんは私が幸せにします」

父の苦言にも顔色ひとつ変えない紫明は、笑みまで添える。

「どこの誰だかわからない男に、嫁がせるわけには……」

「申し遅れました。私、和菓子の瑞月庵の社長をしております」

紫明の発言に、瑠璃子は目を丸くする。瑞月庵とは政治家御用達のかなり有名な和菓子屋の名前だからだ。

「瑞月庵……」

父も知っているらしく、二の句が継げないようだ。

「あなた、昨日の……。なんで瑠璃子がそんなすごい人と……」

目を見開く美月がつぶやく。

「瑠璃子さんがそれだけの魅力のある女性だからですよ。心が清らかで、決して他人を傷つけたりしない」

物言いは柔らかなのに、紫明の眼光は鋭い。美月はまるで蛇ににらまれた蛙のように微動だにせず、浅い呼吸を繰り返していた。自分への嫌みだと気づいているようだ。

おそらく父と母も、紫明が瑠璃子への理不尽な叱責の数々を知っているのだと察したのだろう。重々しい空気が流れ、次に誰が口を開くのか戦々恐々としていた。

「瑠璃子、荷物を取っておいで」

息がうまく吸えないほど緊張していた瑠璃子を、紫明が逃がしてくれる。

「……はい」

父や母、そして美月の横を通り抜け、二階の自室に行き、羽織を持って階段を駆け下りた。すると、紫明のうしろに千夜の姿まである。

「ど、どういう……」

父が焦ったような声をあげている。さらにはなぜか美月が玄関に座り込み、母が真っ青な顔をしていた。

「当然の報いでしょう。美月さんは散々瑠璃子さんを傷つけてきたのですから。ですが、金輪際瑠璃子さんには指一本触れさせません。私が大切にしますからご安心を。瑠璃子、おいで」

瑠璃子に気づいた紫明が手を差し出す。なにが起こっているのかわからなかったけれど、瑠璃子はその手をめがけて走った。この手は絶対に裏切らないと思えたからだ。

紫明の手を握ると、彼は自分の横に引き寄せて腰を抱いてくれる。

その際、一瞬視線が絡まった美月は、唇をわなわなと震わせ、悔しそうに眉をひそめた。

「それでは、失礼いたします」

千夜とともに丁寧にお辞儀をした紫明は、瑠璃子を伴って相良家を離れた。

これで相良家と縁が切れたのが、いまだ信じられない。あっけなくはあるものの、後悔はなかった。ようやく檻から出られて自由に息が吸えるのだという安堵が大きい。

「なにがあったんですか？」

幽世への入口がある林に足を進める紫明に尋ねる。

「実は千夜には学校に行ってもらっていたんだ。美月やその友人の瑠璃子への数々の仕打ちを知っていると話し、処遇を検討させた。納得のいく結果でなければ世間に公表して大事にすると伝えたら、美月は退学処分にするという確約を得た」

「退学⁉」

考えてもいなかった事態に、瑠璃子の声が上ずる。

「そうだ。これから話し合われるが、学校側も美月たちの残忍な行動を認識していたのに黙殺してきた負い目がある。公表されるくらいなら、生徒ひとりの首を切る道を選んだのだ。それを伝えただけ」

たしかに先生たちは知っていた。明らかに一方的な嫌がらせだったのに、面倒だったのだろう。姉妹の喧嘩だと片づけられてきた。

「美月は一度痛い目に遭ったほうがいい。尖った言葉がどれだけ他人を傷つけるのか気づかなければ、これからも同じことを繰り返す。瑠璃子の心をこれだけ引き裂いておいて、退学くらいで済めばよいほうだ。許されるなら、殺めてしまいたい」

紫明の激しい憤りに、瑠璃子は少し驚いた。自分のためにそこまで怒ってくれる者がいるのが信じられないのだ。

「……少々過激だったな。すまない」

紫明は謝るけれど、瑠璃子は首を横に振った。

「紫明さまがそんなふうに思ってくださるなんて……」

「大切な妻に関することなのだ。当然だろう。……瑠璃子、そんなつらそうな顔はしなくていい。美月は自分の犯した罪を償うだけ。決して瑠璃子のせいではない」

紫明は瑠璃子の心が読めるのだろうか。美月にされた数々の仕打ちには死を想うほど打ちのめされた。それこそ、殺めたいほど憎みもした。けれど、彼女がいざ退学となってしまうと、瑠璃子の心に罪悪感が生まれたのだ。紫明はそんなふうに思わなくてもいいと釘を刺したのだろう。

「はい」

「相良家のことは、これで幕引きだ。おそらく周囲の人間は、瑠璃子が貶められていたことに薄々勘づいていたはず。美月が処分されてそれが確信に変われば、多くの者たちから非難を浴びることになる。両親は針のむしろだろう。あの家には住んでいられなくなるかもしれないな」

たしかに両親は、相当近所の人たちの目を気にしていた。あざを持つ自分を隠したがったのはそのせいだ。

それにしても、紫明がそこまで知っているとは、驚きしかない。

「ただ、それも両親が犯した罪を償うだけのこと」

紫明は瑠璃子の手をしっかり握って口角を上げる。

「瑠璃子はもう、自分の幸せだけを考えればいい」

「私の、幸せ？」

これまで何度求めても決して手に入らなかったものだ。

「そうだ。瑠璃子には幸せになる権利があると言っただろう？　俺と一緒に少しずつ進もう」

「はい。ありがとうございます」

紫明の手を取ってまだ一日も経っていない。それなのに、これほど大きく事態が動くとは思わなかった。

紫明に自分のせいではないと言われても気にならないわけがないけれど、もう解放されたいという気持ちが大きい。彼の言う通り、許されるなら自分のこれからを考えたい。

「……そういえば、瑞月庵の嘘は――」

「あれは嘘ではない。瑞月庵の職人は、実は全員あやかしなのだ」

「え？」

驚愕（きょうがく）の事実に声も大きくなる。

「ほかの和菓子屋で修業を積んだあやかしが店を開き、あそこまで大きくした。その本人は若い者に店を任せて幽世に戻って和菓子屋を営んでいるけどな。昨日の饅頭の――」

「あのお饅頭、瑞月庵の味だったんですか」

うなずく紫明は続ける。

「そうだ。それで、なぜか俺が社長になっている。俺は食う専門だから、ただのお飾りだけど」

北の国を治める紫明に、その役割を託したのだろう。

紫明がほかのあやかしたちから慕（した）われているとわかる話を聞いて、瑠璃子はうれしくなった。

「だから、嘘はついていない。瑠璃子を幸せにするというのも、もちろん」

優しく微笑まれて、瑠璃子の鼓動は意思とは関係なく勝手に速まっていく。

紫明がこんなに甘い言葉を口にするのは、きっと千夜がいるからだ。彼に仲睦まじい姿を見せようとしているのだろう。

「あ、ありがとうございます」

「ははは。顔が赤いぞ」

白い歯を見せる紫明は、瑠璃子の手を引き再び歩き始めた。


幽世に戻ると、三人の侍女たちが待ち構えていた。

「瑠璃子さま！　おかえりなさいませ。朝食にいたしましょうね。紫明さまのお部屋にお運びします」

元気いっぱいの花が言う。

「花。俺と千夜は少し出かけなければならない。瑠璃子の分だけ頼めるか」

紫明の言葉に驚いた。忙しいのに羽織を取りに行きたいという瑠璃子の気持ちを優先してくれたのだ、きっと。

「承知しました」

「千夜、行くぞ」

瑠璃子は侍女たちと一緒に玄関でふたりを見送った。三つ指をついてのお見送りなど初めてだ。けれど、妻らしいことができた気がして、なんだか少しくすぐったい。

「それでは瑠璃子さま、お食事にしましょう。どちらにお運びしましょうか」

今度は芳が尋ねてくる。

「皆さんは食べられたんですか？」

「これからです」

「それじゃあ、一緒にいかがでしょう」

お世話になるのなら、もっと交流を深めておきたい。そう考えた瑠璃子が提案すると、三人は顔を見合わせている。余計なことを言っただろうか。

「ごめんなさい。ご迷惑なら——」

「すごくうれしいです」

困惑しているのかと思いきや、三人そろって白い歯を見せるのでホッとした。

それから紫明の部屋に行き、相良家から唯一持ち出した羽織をまじまじと見つめる。

「あなたの言った通りでした」

苦しい出来事が続いて『助けてくれる者が現れる』という言葉を信じられなくなったとき、紫明に出会えた。きっとあれは、紫明のことを指していたのだ。

「疑ってごめんなさい」

羽織をギュッと抱きしめて謝罪し、これまで支えとなってくれたあの男性に改めて感謝した。

朝食が準備されたのは、台所のすぐ隣の茶の間だ。彼女たちはここでいつも食しているという。

座卓に並んでいるのは、じゃがいものみそ汁にだし巻きたまご、魚の干物にかぼちゃの煮つけ、そしてほうれん草の白和えだ。

「本当に人間と変わらないんですね」

「昔はもっと味気なかったらしいですよ。でも、人間の食べ物はおいしいですから、真似るようになったんです」

花がご飯をよそいながら教えてくれる。

「紫明さまは野菜がお嫌いなので、ほうれん草は並べても見向きもしないんです。かぼちゃはなんとか食べてくださいます」

一国の主だというのに子供みたいだ。

瑠璃子はそんなことを考えてつい笑ってしまった。

「瑠璃子さま、そのお顔素敵です」

「えっ？」

「なんてお優しい表情なんでしょう」

「紫明さまが惚れられるのも無理はないですね」

芳が口火を切ると、和、そして花と続く。

三人は笑顔がいいと言っているらしい。

「そう、ですか？」

「はい。紫明さまがいらっしゃれば、ずっとそのお顔を拝見できますね」

花がうれしそうに言う。

現世では笑顔になれるようなことはなかったので、笑い方を忘れていた。紫明や三人は、それを思い出させてくれた。

「ですが、瑠璃子さま。私たちに敬語はおやめください。主さまの奥方さまなのですから、命じていただければ」

「とんでもない！」

命じるなんて、どうしたらいいかわからない。

激しく首を横に振ると、和が口を開く。

「それではせめて、友人のようにお話しください。瑠璃子さまに敬語を使わせていたら、私たちが叱られます」

彼女たちが叱られるのは本望ではない。瑠璃子は渋々納得した。

相良家の食事の時間は、同じ食卓についていてもひとりだけ会話には加われず、ひどいときは美月に罵られて食事を取り上げられるという苦痛の時間だったけれど、ここは違った。三人とも底抜けに明るく、おしゃべりは弾むし笑顔が絶えない。

「紫明さまって、皆さんにとってどんな方なのかしら」

三人の印象を聞いておこうと尋ねると、目を輝かせて話し始めたのは芳だ。

「私たちにも気さくに声をかけてくださいますし、優しさの塊みたいな方です」

うなずきながら聞いていた和が続く。

「頭の回転が速くて、行動力もある。主さまとしても満点です」

「本当に。千夜さまのほうが不愛想で、いつも紫明さまがなだめていらっしゃいます。どちらが主さまなんだかといつも話してるんですよ。あっ、これは内緒で」

花は口の前に人差し指を立てた。

紫明の印象も千夜のそれも、瑠璃子が抱いているものとはさほど変わらないようだ。

「千夜さんは、紫明さまの右腕だと聞いたんだけど……」

「はい。紫明さまはたいそう頼りにされています。街のもめごとなんかも、紫明さまが出ていくまでもなく千夜さまが解決なさるので、優秀なことには違いないんでしょうけど、とにかくこれで」

芳が自分の目の横に指を置いて、それをつり上げてみせる。

たしかに視線が尖ってはいるなと瑠璃子は思った。

「でも、紫明さまや千夜さまがいるから、ここは平和なんでしょうし。実は、私たちが生まれるずっと前に、西の蛇神に荒らされたらしいのです」

和がそう言った瞬間、瑠璃子の心臓がドクッと大きな音を立てた。まさかその蛇神が自分の体に宿っているとはとても言えない。

「蛇神一族に領地を奪われそうだったのを救ったのが鬼一族。そこからどんどん力をつけてきて、今や向かうところ敵なしと言われています」

誇らしげに話す花も鬼だった。きっと同じ鬼として鼻が高いに違いない。

その蛇神の封印が解かれぬように、そして力を強めてこの地を守るために、自身の婚姻まで犠牲にして瑠璃子を妻に据えたのは、紫明の頭としての責任感から来るものだったに違いない。

瑠璃子は改めて、この国の平穏を守るという紫明の覚悟を感じた。

ただ、どうしてその蛇神が悠久のときを経て自分の中に存在するのか、不思議でたまらない。紫明は京極家の血筋にそうした者が生まれると話していたけれど、どうしてなのだろう。

「その蛇神はどうなったの？」

「ですから、紫明さまの祖先の鬼が退治したんです」

それでは自分の中に感じる蛇神は一体なんなのかわからない。でも、三人はそれ以上知らないようだ。

そんな話をしているうちに、あっという間に食事が終わった。

「ごちそうさまでした。もしよければ、私も調理させてもらえないかな」

紫明は手料理が食べたいと話していたし、人間の料理と同じものを食べているならできそうだ。

深く考えずに尋ねたけれど、三人は目を丸くして固まってしまった。

「瑠璃子さまが台所に立たれるんですか？」

「料理をなさると？」

「そんなことは私たちがいたしますよ」

次々と続く侍女たちは、瑠璃子が料理をするのが信じられないらしい。

「私、料理はわりと得意で。紫明さまにも食べていただきたいな、なんて」

自分で話していて恥ずかしくなってきたため、小声になる。

「まあ、素敵！」

「夫婦の絆ですね」

「紫明さま、ますます惚れてしまうかも」

どうやらこの三人、恋愛話が好きそうだ。ここはそういうことにしておけば手伝わせてくれるかもしれないと瑠璃子は口を開く。

「……そうだとうれしいわ。それで、いいかしら？」

「もちろん」

無事に三人の承諾を得られた。

食事のあとは祝言の衣装合わせ。立派な色打掛を前に、瑠璃子は声も出なかった。

「この打掛は、紫明さまがお選びになったんですよ。愛があふれていますね」

芳に茶化されて面映ゆい。

それにしても、愛がないのに紫明はどうしてこれほどまでに親切にしてくれるのだろう。この地を統率する者として、それなりの祝言は挙げなければならないからか。

瑠璃子はそう予測して打掛に触れた。

それだけで目頭が熱くなるのは、『瑠璃子は幸せになる権利がある』という紫明の言葉を思い出したからだ。

――幸せになりたい。

瑠璃子は初めてそう強く願った。しかも紫明が、それを叶えてくれる気がする。

その晩も、床に入るとまた紫明に抱きしめられた。

恥ずかしかったのも最初のうちだけで、心地よい温もりに誘われてまぶたが下りてくる。

「紫明さま」

しかし寝る前に聞いておきたいことがあった。

「どうした?」

「紫明さまのご両親はいらっしゃらないのですか？」

どこにもその姿がないので気になっていたのだ。

「両親は、俺をこの地の頭に据えたあと、ふたりで出ていったんだ」

「出ていった？」

仲が悪いのかもしれないと緊張が走ったけれど、瑠璃子の背に回した手の力を緩めた紫明は柔らかな表情をしている。

「頭ともなると、清廉潔白でいなければならない。それが重荷だったようで、息子に押しつけて……」

「え……」

意外すぎる答えに、瑠璃子は目を丸くする。

「まあそれは表向きの理由だ。ちょっと探しものがあってね。俺に頭という重い荷物を押しつけて、旅をしながら悠々自適に過ごしているのは嘘ではないようだけど」

紫明はそんなふうに語るが、押しつけられたことをそれほど嫌に思ってはいないように見える。終始穏やかな顔をしているからだ。

それにしても、頭という重要な責務を放り出してまで探しているものとはなんだろう。詳しく語ろうとしないのだから、聞くべきではないのかもしれない。

「俺たちもいつか、そんな生活ができるといいな」

「えっ？　……はい」

「気のない返事だな。無理もないか」

紫明はひとりでなにやら納得し、再び瑠璃子を抱き寄せる。

「今日は余計なことは考えずにぐっすり眠れ。おやすみ、瑠璃子」

紫明はそう言うとまぶたを閉じ、眠りに落ちていった。


そしていよいよ祝言当日。

朝から侍女たちが騒がしく、千夜に「うるさい」と一喝されていたけれど、この婚姻を心から喜んでいるのが伝わってきて、瑠璃子はうれしかった。

初めて芳に化粧を施され、花に艶やかな色打掛を着せてもらった。そして和に結ってもらった髪に生花を飾った頃、紋付き袴姿の紫明が姿を現した。すると侍女たちは示し合わせたように部屋を出ていく。

「美しい」

「そんな……」

紫明に見つめられると鼓動が速まる。それだけでなく美しいなどと言われては、息が苦しい。

紫明は瑠璃子に近づき、目の前で跪く。そして瑠璃子の左手を取り、口を開いた。

「瑠璃子のこの先の人生を俺にくれ。俺の未来は瑠璃子のものだ」

愛なき結婚だとは思えない真摯な言葉に、胸が熱くなる。

この婚姻は双方に利がある契約なのだから、それがなくなってしまえば別れがやってくるかもしれない。けれど、それまでは紫明を信じてついていこう。

瑠璃子はそう心に誓う。

「紫明さま……。ふつつか者ですが、どうぞよろしくお願いします」

瑠璃子が答えると、紫明はうれしそうに頬を緩めて立ち上がった。

「皆が待っている。行こう」

「はい」

色打掛はずっしりと重い。おそらく紫明は、この地の平穏を保つというもっと重い責任を負っているはずだ。

彼に守られるだけでなく、役に立ちたい。

両親や美月たちに心を痛めつけられてきた瑠璃子が、こうして明日のことを考えられるようになったのは、紫明が安全な場所をくれたからだ。

紫明は瑠璃子の歩調に合わせてゆっくり長い廊下を進んでいく。しばらく行くと、千夜と侍女たちが待ち構えていた。

「本日はおめでとうございます」

相変わらず表情ひとつ変えない千夜だったが、祝福の言葉をくれる。それをきっかけに、侍女たちも腰を折った。

瑠璃子が会釈をすると、紫明が口を開いた。

「ありがとう。これからも俺と瑠璃子を頼む」

紫明の言葉は、すでに瑠璃子の夫としての発言だった。

この屋敷で一番広いという四十畳ほどある広間には、招待客が多数そろっている。紫明が治める北の国の有力者たちらしい。

緊張で顔を引きつらせながら高砂へと足を進める。紫明に恥をかかせるわけにはいかない。着物の裾を踏まないようにと必死で、楽しむ余裕などどこにもなかった。

千夜が式の始まりを宣言すると、紫明が立ち上がる。

「本日、京極瑠璃子を我が妻として迎えると宣言する。以後、ふたりでこの地を盛り立てていく所存だ。各々そのつもりで」

この地の頂点たる紫明の発言はいわゆる命令。瑠璃子を主の妻として認め、敬うようにという宣言らしい。

ところが自分がそんな器ではないとわかっている瑠璃子は、動揺を悟られまいと目を伏せていた。

「御意」

招待客の声が見事なまでにそろう。統率がとれている様子に少々驚いた。

それから、お神酒を酌み交わす。お神酒といっても、鬼一族の祖先に供えたもののようで、幽世には神さまという概念はないらしい。

酒を飲んだ経験がない瑠璃子は、杯に口をつけるだけ。すべて紫明が飲んでくれた。しかし、同じ杯というだけで照れくさい瑠璃子は、酔ってもいないのに頬が赤く染まるのを感じた。

侍女たちが準備してくれたという豪華な料理を食べ始めると、招待客が次々と挨拶に来る。紫明がひとりずつなんの役割のあやかしなのかを説明してくれたものの、一度に覚えられるわけもなく、耳をそばだてるので精いっぱいだった。

けれど、どのあやかしも瑠璃子を歓迎してくれていて、中にはこの婚姻を祝福しうっすら涙ぐむ者までいる。

いつでも、そしてどこにいてもつまはじき者だった瑠璃子は、この光景が信じられないでいた。

結局、祝言が終わるまで、瑠璃子を蔑む声はひとつも聞こえてこなかった。

あれほど緊張していたのに、招待客を見送る間、温かな気持ちに包まれていた。全員あやかしだというのに、瑠璃子に握手を求めて帰っていく者ばかりで、少しも怖いと思わなかったのだ。

最後の客は、髪が短く凛々しい眉を持つガタイのいい男性と、低い位置で結った黒髪におくれ毛がどことなく艶っぽい色香漂う大人の女性。男性は紫明の前に立つと「本当におめでとう」と馴れ馴れしく話しかけた。

「ありがとう」

少し目尻を下げた紫明はうれしそうだ。演技のはずなのに、彼が本当に喜んでいるように感じられて、くすぐったい。

「瑠璃子さま。本日はおめでとうございます」

次に瑠璃子のほうに体を向けて、女性とともに丁寧に祝福の言葉をくれる。

「ありがとうございます」

瑠璃子も恐縮して頭を下げた。

「彼は銀次。俺の幼なじみで、不知火だ。幽世の中でも名門の出で、この地の治安を彼が守っている」

幼なじみだから打ち解けているのだと納得した瑠璃子は、笑顔でもう一度会釈をする。

「そして橙羽。銀次の妹だ」

もしかしたら伴侶なのではないかと思っていたけれど、妹だとは。橙羽は体の線が細く、がっしりしている銀次とはまるで違うが、涼しげな目元が似ていた。

「瑠璃子さま、おめでとうございます」

「ありがとうございます」

橙羽ははにかんだものの、どこか引きつっているようにも感じる。笑みを浮かべながら瑠璃子に近づき、冷たい言葉でひと刺しする美月の姿が重なった。

いや、祝福してくれているのに失礼だ。

瑠璃子はそう思い直し、笑顔を作る。

しかし、紫明と銀次が再び話し始めると、橙羽は瑠璃子の耳元で口を開いた。

「どうやって紫明さまに取り入ったのかしら。あなたみたいな子供に紫明さまが惹かれるなんて、おかしいわ」

にこやかな微笑みとは裏腹に、そのささやきには毒が仕込まれていた。やはり彼女は、警戒すべきあやかしだ。

しかし『あなたみたいな子供に紫明さまが惹かれるなんて、おかしい』という部分はまさにその通りで、なんの反論もできそうにない。

橙羽は国の頭である紫明の隣に、なんの取り柄もない人間の瑠璃子が立っているのが気に食わないのかもしれない。瑠璃子の中の蛇神にもし気づかれたら、間違いなく彼女は蹴落としにやってくる。紫明がそうしたことを勘ぐられないようにするために、この婚姻がただの契約であることを秘密しているのだと納得した。

「瑠璃子、どうかしたのか？」

顔を引きつらせていることを紫明に気づかれてしまった。

「仲良くしてくださいとお願いしていたんですよ。でも、私たちはあやかしですから、戸惑いがおありになるんだと思います。私が焦りすぎました。申し訳ございません」

しおらしい言葉を口にして瑠璃子に謝罪する橙羽の作った笑みに背筋が凍る。

人間はしばしば表と裏の顔を使い分けるが、幽世のあやかしも同じだとは思わなかった。

「そうか。瑠璃子はまだこちらに来たばかりだ。少しずつ頼む」

「承知しました。それではまた」

丁寧に腰を折った橙羽は、銀次とともに帰っていった。


祝言が終わり、侍女たちに打掛を脱がせてもらうと、気が抜ける。

三人は広間の片づけをしなければならない。働き通しの彼女たちが心配で手伝いを申し出たものの、「主役ですよ？」と笑われてしまった。さすがに疲れたので全部任せることにして、着替えをした部屋で放心していた。

するとしばらくして、紫明がやってくる。

「お疲れさま」

もみじをかたどった練りきりとお茶がふたつずつのった盆を持って入ってきた彼は、瑠璃子の前にそれを置いた。

「食べられなかっただろう？」

「それで持ってきてくださったんですか？」

挙式では豪華な食事が並んでいたけれど、挨拶が続いたので食べるタイミングを逸してしまったのだ。紫明は時折口に運んでいたものの、粗相があってはならないと控えた。

「今日の招待客の中に和菓子の職人がいただろう？　彼が例の職人だ。祝いの品をわざわざ作ってくれた」

瑞月庵を立ち上げたという職人の練りきりは、食べるのがもったいないほど美しい。

「素晴らしいですね。ありがたくちょうだいします」

瑠璃子が練りきりに手を伸ばすと、寸刻早く紫明がその皿を手にした。そしてひと口大に切った練りきりを、瑠璃子の口の前に出す。

「どうされたのですか？」

紫明が食べるつもりだったのではないのだろうか。

「口を開けなさい」

「は？」

「夫婦となったら、こうして食べさせ合うと決まっているのだ」

まさかの照れくさいしきたりに、目が飛び出そうだ。

「……わ、わかり、ました」

幽世のしきたりとあらば仕方がない。深呼吸をして気持ちを落ち着けてから口を開く。

「おいしい、です」

本当は味なんてわからない。せっかく職人が作ってくれたのに申し訳ないけれど、それより恥ずかしさが先立った。

「そうか。それでは今度は瑠璃子だ」

「わ、私も？」

皿を差し出されて、食べさせろという要求に目をぱちくりする。

「そうだ。しきたりだからな」

瑠璃子は動揺し通しなのに、紫明はなんでもない顔をしている。ただ、幼い頃からこれがしきたりだと言われて育ったのであれば、至極当然の行為なのだろう。

瑠璃子は黒文字に刺した練りきりを、おずおずと紫明の口の前に運んだ。するとうれしそうに微笑む彼は、口に入れる。

「あっ……」

そのとき指が紫明の唇に触れてしまい、小さな声が漏れた。

「甘いな」

「和菓子ですから」

まごつく瑠璃子は、的外れの答えをしてしまった。

紫明が笑いを噛み殺しているのは、瑠璃子に余裕がないのを感じ取っているからだろうか。

その後も食べ終わるまでそれが続き、最後にようやく小豆の味がわかった。

「心配するほどのことはなかっただろう？」

「はい。皆さんお優しくて。こんな世界があるんだと……」

胸がいっぱいだった。

橙羽のことは気になるものの、なにかをされたわけではないし、紫明が瑠璃子に惹かれたわけではないのは間違いないので黙っておいた。

「現世にも優しい世界はあるはずだが、瑠璃子が知らなかっただけだ。だが、もう俺の隣でゆっくり他人からもらう優しさや親切を知っていけばいい。さっき会った銀次も信頼できる。あいつも時々ここに顔を出すから、相手をしてやってくれ」

相手をするなんておこがましいが、紫明の大切な幼なじみなのだからもちろん丁寧に接するつもりだ。銀次からは敵対心のようなものを感じなかったし、彼が浮かべた笑みに偽りはないように見えたものの、もし橙羽のように思っていたらと少し不安ではあるのだけれど。

「和さん花さん芳さんにも、千夜さんにもとてもお世話になりました。なにかお礼がしたいのですが……」

招待客一人ひとりに挨拶をして回る千夜や、忙しそうに料理を運ぶ侍女たちを見てずっと考えていた。

「千夜たちはそれが仕事なのだ。それにあの三人娘は、瑠璃子の世話ができて楽しくて仕方がないらしいぞ。張りきりすぎて、千夜がうるさいとため息をついていたが」

たしかに叱られていた。

けれど、瑠璃子は決して不快ではない。三人が満面の笑みを浮かべておしゃべりをしているのはうきうきするし、そこに自分も交ぜてもらえて光栄なのだ。

仲のよい存在がずっといなかった瑠璃子にとって、初めてできた友人だと思えるから。

「でも紫明さまは、努力した者は幸せになれる世にしたいとおっしゃっていましたよね。それなら、たくさん働いてくれた彼らにお礼をして幸せになってもらいたいです」

瑠璃子がそう伝えると、紫明は驚いたように目を見開いたあと、口角を上げた。

「さすがは我が妻だ。その通りだな。なんの礼がいいだろう……」

顎に手を添えて考えだした紫明の姿を見ていて思いついた。

「私が夕食を振る舞ってはいけませんか？　片づけに走り回ってくれていますし、このあとまだ調理の仕事が残っているのは大変ですから。……こんなことじゃ、だめか」

相良家で、運動会や校外学習の日に夕飯の準備をするのがどれだけ大変だったか。すぐにでも横になりたい疲労を抱えての仕事は、本当に憂鬱(ゆううつ)だった。だからそう考えたけれど、彼らの働きに見合っていないと撤回した。

「それはいい。あの三人娘もさすがに疲れた顔をしていたし。だが、瑠璃子も疲れたのでは？」

「少し。でもどちらかというと、緊張で体より心が疲れたという感じですので、料理ならできます」

疲れていないわけではない。けれど、きっと一晩寝たら復活できる。

「そうか。俺は料理はできないが……」

「もちろん、大丈夫です。私が」

この国の頭である紫明に手伝わせる気はさらさらない。

「頼んだ。それでは……」

紫明は途中で言葉を止めると、熱を孕んだ視線で瑠璃子を射る。その艶やかな目で見られるたび、鼓動がうるさくなって困ってしまう。

「瑠璃子は俺が癒そう」

「えっ……？　お、お願いします」

妙に恥ずかしくなって、とっさにそんな返事をした。すると紫明は、おかしそうに白い歯を見せた。

それから台所に行き、たくさんの食材を見て献立を考える。食材も人間が食するものと違わず、いつも通りでよさそうだ。

さすがにガスコンロはなくかまどだったが、紫明が火を起こしてくれたのでなんとかなった。

瑠璃子がこしらえたのは、寄せ鍋だ。これなら簡単にできるし、大勢で食べたら楽しそうだと思ったのだ。家族団らんなるものとは縁遠かった瑠璃子だけれど、ここではそれが実現するような気がしている。

寄せ鍋には野菜をたっぷり。紫明はあまり好まないようだけれど、好きになってくれることを祈って作った。

ほかには鶏のつくねや、豚肉、海老、舞茸に豆腐。皆がなにを好むのか知らないので、いろいろ入れてみた。どうやら幽世にはない食材は現世で手に入れてくるらしく、今までの習慣となんら変わらないのがびっくりだった。

「いいにおい」

大きな土鍋で作った寄せ鍋は、いい具合に仕上がった。

「あっ、焦げた……」

ところが隣で炊いたご飯から焦げたにおいが漂ってくる。電子ジャーしか使ったことがない瑠璃子にはかまどの火加減は難しすぎた。

「瑠璃子さま！」

ご飯の釜の蓋を開けたとき、芳が台所に飛び込んできて目を丸くする。

「花嫁さまがなにをなさっているんですか？」

次に大きな声をあげたのは花だ。

「あれっ、焦げてる」

鼻を利かせたのは和。

「ごめんなさい。火加減が強すぎたみたいで」

正直に告白すると、和が釜をのぞいた。

「瑠璃子さまが作られたんですか？」

「はい。皆さんお疲れだと思って。ささやかですけど、たくさん働いてくれたお礼です。でも、ごめんなさい。慣れなくて着物も汚しちゃった……」

侍女たち曰く、紫明が瑠璃子のために反物から選んで職人に作らせたという着物を祝言のあと纏い、紫明にたすき掛けをしてもらったにもかかわらず、早速袖を濡らしてしまった。

「そんなこと気にしないでください。私たちもしょっちゅうですよ」

芳が慰めてくれる。

「瑠璃子さまからお礼をいただけるなんて。幸せだわ、私」

目を細めて弾んだ声で言うのは和だ。花も満面の笑みを浮かべてうなずいている。

料理を作っただけでこれほど喜ばれるとは思わなかった。相良家では作ってあたり前になっていたし、美月からはよく『まずい』と文句を言われていたからだ。

「ありがとう。私もうれしい。そういえば、さっき練りきりをいただいたの。よかったかしら？」

「もちろんです」

「あのっ、あのね……幽世では、夫婦になったら食べさせ合うものなんでしょう？それはいつまで？」

瑠璃子は三人に尋ねながら、恥ずかしさのあまり顔が沸騰しそうに熱くなるのを感じた。

いつもならすぐに反応する侍女たちだけれど、きょとんとして首をひねっている。

「そのような習慣は聞いたことがありませんが……」

花が控えめに言う。

「ないの？」

「はい」

芳は申し訳なさそうにうなずいた。

どうやら紫明は嘘をついたようだ。

「もしかして、紫明さま――」

和が話し始めると、花がその口を手で押さえる。

「夫婦には秘密のひとつやふたつあるものなの！」

そうたしなめているのを聞いていると、逃げ出したい気持ちになる。なにせ自分からそういうことをしたのだと告白したようなものだからだ。

「ああっ、そうだ。鍋は皆一緒に食べたいの」

瑠璃子は慌てて話を変えた。これは紫明にも許可をもらってある。

「紫明さまも？」

「はい。千夜さんも一緒に」

そう伝えると三人は、ニッと笑った。

「楽しそう」

「千夜さまの食べるところ、見たことないわ」

「瑠璃子さまが作ったものなら、紫明さまも野菜を食べてくださるかも」

おしゃべりな三人の軽快な会話は聞いていて楽しい。しかも賛成してくれたようで、瑠璃子の心は躍った。

「それじゃあ、あとはお任せください。芳！」

花が芳になにやら指示を出す。

「瑠璃子さまはこちらへ。濡れたお着物を着替えましょうね。紫明さまの前では、やっぱり最高に美しいお姿でいていただかないと」

「え……？」

うっとりした目で語る芳は、瑠璃子の背中を押して強引に台所を離れた。

瑠璃子が着替えた薄桜色の地に小菊と萩(はぎ)があしらわれた着物も、紫明が選んだもののようだ。

乱れ気味だった髪も芳に整えてもらい、座敷に向かったときにはすでにすべての準備が整い、全員勢ぞろいしていた。

「瑠璃子さまは、紫明さまのお隣ですよ」

和に急かされ、紫明の隣に腰を下ろす。

「瑠璃子はなんでも着こなすな」

紫明は目を細めて瑠璃子を褒めるが、こんな大勢の前では恥ずかしすぎて、どう答えたらいいのかわからない。いくらこの婚姻が偽りのものであると知られないための演技でも、少し甘すぎるのではないだろうか。

「瑠璃子さま、私たちのためにお作りくださったとか。私たちは従者でございます。そのようなお気遣いは無用です」

紫明の対面に腰を下ろしている千夜が、表情筋をぴくりとも動かさず言う。

迷惑だったのだろうか。

「千夜。お前は少々物言いがきつい。うれしいのであれば、ありがとうでよいのだ」

紫明がそう伝えると、千夜は恐縮している。

「申し訳ございません。お気遣い、感謝いたします。ありがとうございます」

どうやら迷惑だったわけではないようで安心した。

「お口に合えばいいのですが」

侍女たちが作ってくれた雑炊も先ほどの練りきりも、現世のものと少しも変わらない。あやかしたちの舌も人間と同じなのだろうと推察するが、鍋を食べるのかどうかは知らないのだ。

「いいにおいだ。これは寄せ鍋というものだな」

紫明は目を細めて話す。

「寄せ鍋をご存じなんですか？」

「紫明さまは、瑠璃子さまが幽世に来られたときに困らないようにと、現世の食べ物についても熱心にお調べになったのですよ。それで私たちがいろいろ作るようになったのですが、寄せ鍋はまだでした」

和が口を挟む。

まさか、自分のために調べたとは思いもよらず驚く瑠璃子は、まじまじと紫明を見てしまう。

「和、お前はひと言多い。そうしたことは伝えずともよい」

心なしか紫明の耳朶が赤いのは気のせいだろうか。

「せっかくの料理が冷める。いただこう」

紫明が音頭を取り、食事が始まった。

瑠璃子が紫明に取り分け、そして自分の分もよそったあとは無礼講。三人娘が競うように鍋に箸を伸ばす。

「紫明さま、同じ席をお許しいただきありがとうございます」

花はそう言いながら豆腐を口にした。

もしかしたら、瑠璃子が考えるよりずっと紫明と従者たちの身分はかけ離れたものだったのかもしれない。こうして同じ鍋をつつくなんて失礼だったのかも。

急に不安になった瑠璃子は、紫明に耳打ちをする。

「申し訳ありません。私が無理を言ったでしょうか」

「なにを気にしている。俺は楽しいぞ。たまにはこういうのもいい。瑠璃子とふたりきりもいいけどな」

つくねを咀嚼した紫明が頬を緩ませるのに安堵したのと同時に、ふたりきりと付け足されて面映ゆい。

紫明はどうしてこんな言葉をためらいもせずに口にできるのだろう。たとえ演技であっても瑠璃子には無理だ。

「瑠璃子も食べないとなくなるぞ。千夜も遠慮はいらぬ」

紫明の言葉をきっかけに千夜の器に目をやると、控えめに野菜が取り分けてあるだけだ。身分の違いを気にしていそうだと感じた瑠璃子は、千夜の器に手を伸ばし、鍋から海老や豚肉を取り分けた。

「お嫌いなものはありますか？」

そしてそう尋ねると、千夜は目を丸くしている。

「私のことなどお気になさらず」

瑠璃子は恐縮する千夜に向かって首を横に振る。

「千夜さんは紫明さまの大切な従者なのです。たくさん食べて元気でいていただかないと困るんですよ」

どうしたら遠慮しなくなるのかと考えた結果、そんなふうに返した。

「その通りだ。千夜、かえって瑠璃子の手を煩わせているではないか。俺が許可したのだから素直にうまいと言いながら食べればいい。うまいと言いながらだぞ」

紫明が少し茶化し気味に言ったのは、場の空気が淀んできたからだろう。侍女たちも千夜の様子を見て箸が止まり気味なのだ。

「申し訳ございません。いただきます」

千夜は瑠璃子から器を受け取り、海老を口に入れた。

「おいしいです」

そしてやはり真顔でひと言。

それを見た瑠璃子は噴き出しそうになるのをこらえた。千夜はとてつもなく真面目なのだ。

それにしても、食事が楽しいというのはありがたい。

焦げたご飯は花が雑炊にしてくれて、多めに作った鍋はすっからかんになった。

「おいしかったー。瑠璃子さまがこんなに料理上手だとは」

芳が言えば、和はうなずいている。

「現世の料理を教えていただきたいくらいですわ」

「私でよければ」

幽世に来てから、瑠璃子は自分を求めてもらえるという心地よさを何度も経験している。こんな世界があったとは知らなかった。

——生きていても許されるんだ。

不気味なあざのせいで邪険にされ、自分の存在自体が疎ましいものなのだと思い込んでいた瑠璃子は、そんなふうに思い目頭が熱くなった。

「瑠璃子?」

せっかくの楽しい晩餐の場を壊したくないと泣くのはこらえてうつむいていると、紫明が優しい声で名を呼ぶ。するとそれをきっかけにほかの者たちは部屋を出ていった。

「ごめんなさい。楽しい食事に水を差してしま——」

それ以上言えなかったのは、紫明に抱き寄せられたからだ。

「そんな心配は必要ない。楽しかったぞ」

紫明は幼い子をあやすように優しい手つきで瑠璃子の髪を撫で始めた。

「俺はもうお前の夫だ。なんでも受け止める。胸の内にある苦しさをすべて吐き出せ」

そんなことが許されるのだろうか。

家でも学校でも、少し不満を口にしようものならその何倍もの苦しみが待っていた。

そのうち胸の中にある靄はすべて呑み込み、なかったことのように処理するのがあたり前になった。しかし、どれだけ蓋をしてもなくなるわけではなく、ずっと瑠璃子の心を蝕み続けてきたのかもしれない。

「私……」

苦しかったと叫びたい。思いきり泣いてしまいたい。そんな気持ちがあるのに、これまでの経験が瑠璃子の口を閉ざさせる。

言い淀むと、背中に回った紫明の手に力がこもった。

「大丈夫だ。怖がらなくていい」

瑠璃子の葛藤をわかっているかのような紫明の口ぶりに、凍った心が解けていく。

「こんなふうに楽しく食事をしたことがなくて……。どうして、両親や美月に疎まれなくてはならないのかわからなかった。だって、あざがあるのは私のせいじゃないのに。訳のわからない蛇神なんて、私だって嫌なのに」

これまでの苦しみを口にすると、あふれるように出てきてしまう。醜態をさらすのはみっともないのではないかという気持ちもあったが、紫明のたくましい腕は変わらずその力を緩めることはなかった。

「叱られないように、嫌われないようにとどれだけ注意していても、美月は因縁をつけて罵ってくる。もうどうしたらいいかわからなくて……」

命を絶てば楽になれると何度も思いながら、そのたびに踏ん張って。でも限界が来たとき紫明に拾われた。

流れだした涙が紫明の着物を濡らす。申し訳なくて離れようとしたけれど、頭を抱えられてよりいっそう密着してしまった。

「よく耐えてきた。もうそんな思いは決してさせない。俺がそばにいる。瑠璃子をひとりにはしない」

紫明のその言葉がどれだけうれしかったか。

ずっと孤独に耐えてきた瑠璃子だったが、もうこの温もりを知ったら離せない。その相手が、たとえ幽世に住むあやかしであったとしても。

それから瑠璃子は、子供のようにみっともなく声をあげて泣きじゃくった。紫明はそれをとがめるようなことは一切なく、泣き叫んであさましい姿をさらす瑠璃子を丸ごと包み込んでくれる。

ひとしきり泣いたあと離れると、紫明は優しい眼差しを向けてきた。

「ごめんなさい」

「どうして謝る。俺は妻の胸の内に触れられて幸せだ」

まさか、幸せだとは。

寛大（かんだい）な紫明の言葉一つひとつが、瑠璃子を苦しみから解放していく。

「俺のここは瑠璃子のためにある。つらくなったらいつでも飛び込んでくればいい」

紫明は自分の胸を叩いて言う。

「……はい。ありがとうございます」

そんなに温かい言葉をかけられては、一度止まった涙が再びあふれてしまう。

けれど、これは悲しみの涙ではない。自分の存在を受け入れてもらえたという安堵と喜びの涙だ。

「瑠璃子の中の蛇神は、俺のそばにいる限り出てこられない。特にこの屋敷は俺の影響が顕著(けんちょ)に出る。ここにいる限りはそのあざが疼くことはないし、蛇神に乗っ取られるような事態にも、まずならないはずだ」

「乗っ取られる……」

美月にあざを罵られたとき聞こえてきた『今すぐお前を殺してやる』という男の声は、蛇神のものだったのかもしれない。瑠璃子は必死にそれを止めようとしたが、止まらなかった。あれは蛇神に支配されていたのだろうか。

「お前の中の蛇神は、隙あらば出てこようとしている。瑠璃子はその蛇神を封印してきた素晴らしい力の持ち主なのだよ」

「私が？」

以前にも瑠璃子が蛇神の気を抑えていると聞いたけれど、素晴らしいと言われてもそうは思えない。いろんな人から疎まれてただ泣いていただけなのに。

「そうだ。瑠璃子は蛇神との相性が特にいいらしい。そのせいで、これまでの京極家の者よりも蛇神の影響を強く受けてしまうのだ。お前の心が清らかでなければ、とっくに蛇神に呑み込まれていただろう。無意識だったかもしれないが、蛇神の行いをよしとせず、抗っているのだ」

　そうだったのだろうか。

　ただ、美月の首に手をかけたいという衝動が起こったときは止めなくてはと必死だった。

「俺の妻としてここにいる限り、そんな苦しみは味わわせない。もう、俺にすべて預けて笑っていればいい」

　優しい表情で語る紫明は、瑠璃子の頬にそっと触れて微笑む。

「お前のことは俺が守ろう。それが夫としての責務だ」

「紫明さま……」

　なんと心強い言葉なのか。瑠璃子の肩に載っていた重い荷物がふっと軽くなる。

「ほら。もう泣くな」

　紫明は瑠璃子の頬を拭う。

　その無骨な手は、誰の手よりも優しかった。

甘い口づけの意味

無事に祝言が済み、紫明との新しい生活が始まった。

この屋敷に来てから毎晩床をともにしているけれど、彼は手を出そうとはしない。その代わり必ず瑠璃子を抱きしめて眠るため、緊張と胸の高鳴りのせいで少々寝不足気味だ。

とはいえ、もちろん嫌なわけではない。紫明に触れられている間は、左肩のあざについても自分の中でうごめく蛇神についても一切考えなくてよく、そうした意味での緊張はなくなっている。

「紫明さま。そろそろ街に向かうお時間です」

瑠璃子が紫明の腕の中でまどろんでいると、廊下から千夜の声がする。

「千夜が行ってきてくれないか」

「昨日もそうでしたよね。紫明さまが行かなければ示しがつきません」

『昨日も』と聞こえた瑠璃子は飛び起きた。

昨日ずっとこの屋敷にいた紫明は、用があったのに自分のそばにいてくれたのではないだろうか。瑠璃子がそう勘ぐるのは、祝言の日に紫明の前で号泣(ごうきゅう)してしまったからだ。

「紫明さま。あの……」

「はぁー、面倒だ。わかったよ。少し待ってろ」

紫明は眉をひそめて不機嫌な声で返事をしたが、その表情に怒りは満ちていない。怒ってなどいないのに、怒っている振りをしているような。

こうした心の機微を敏感にとらえてしまうのは、ずっと他人の目を気にした生活をしてきたからだ。誰かの機嫌が悪くなるとすぐに逃げなければ、自分がいら立ちのはけ口にされる。そんなことの繰り返しだったため、ちょっとした表情の変化で心の中がわかるようになった。

もしこの推察が正しいのであれば、〝街に赴かないのは瑠璃子のせいではなく、自分が面倒なだけだ〟と主張しているように思える。

「瑠璃子。朝げをともにしたかったが無理そうだ。やかましい三人娘と食べてくれるか？」

「もちろんです」

「この屋敷には俺の気が満ちている。ここにいれば蛇神は悪さできない。それに、誰もお前を傷つける者はいないぞ」

やはり思った通りだ。『お前のことは俺が守ろう』と約束した紫明は、瑠璃子を気遣っているのだ。

「はい。皆さんお優しいので大丈夫です。それに、紫明さまにまた会いたいですから、蛇神になど負けません」

そう啖呵を切ったところで、一旦蛇神がうごめきだしたら止める術など知らない。けれども、自分のせいで紫明が役割を果たせないのは本意ではなくそう伝えた。

「うれしいことを言う。それでは、強いまじないをしておこう」

「まじない？」

首を傾げると、紫明はあっという間に唇を重ねる。

柔らかくて温かい彼の唇はすぐに離れていったが、あまりに突然で放心する瑠璃子は、まじまじとその唇を見つめてしまった。

「なんだ。足りないのか？」

「ち、違います」

とんでもない勘違いをされたと焦ったけれど、紫明はクスクス笑っている。勘違いではなくからかったのだ。

「俺は足りないけどな。名残惜しいが行ってくる」

紫明はもう一度軽い口づけをしてから部屋を出ていった。

「あ……」

瑠璃子は無意識に唇に触れ、声を漏らした。

夫婦なのだから口づけくらい当然なのかもしれないけれど、照れくさくて今さらながらに顔が火照ってくる。

「瑠璃子さま、おはようございます！」

しかしパタパタとせわしなく駆けてくる足音と花の高い声が聞こえてきて、慌てて表情を引き締めた。

朝食は侍女の三人と一緒に。

「とってもおいしい。誰が作ったの？」

たくあんを食べた瑠璃子が尋ねると、芳がしたり顔で「私です」と答えた。

仕事に自信と誇りを持っている彼女たちを見ていると、そうなりたいと思う。なにもかも否定されてきたため、自分の行動に自信が持てないのだ。

「幽世では、現世から野菜の種や苗を持ってきて育てています。和菓子職人のように、人間に紛れてあちらに修業に行く者もいて、街にはおいしい食べ物屋さんがたくさんあるんですよ」

目を輝かせて話すのは、食いしん坊の和だ。

「現世にもあやかしがいるなんて、びっくりしたわ」

「人間はあやかしをおどろおどろしいものだと思っているのでしょうけど、私たちには敵対心などまったくないし、別の国の人というような感じです」

瑠璃子が正直な気持ちを打ち明けると、なすのみそ汁を飲んだ花が語る。

「まあ、一部のあやかしを除いてですけどね」

一旦箸を置いた芳が、珍しく神妙な面持ちだ。

「一部とは？」

「昔、西の蛇神に襲われたとお話ししましたよね。私たちが生まれるずっと前の話ですからその頃について詳しく知る者はいないのですが……それはそれはたくさんの死者が出たようで。今でも北の国の者は西の国を快く思っていません」

花が話すと、和が続く。

「滅びたとされている蛇神一族が、どこかで生きているのではないかと恐れているんです。まあでも、紫明さまは歴代の鬼の頭の中でも優秀で頭脳明晰ですし、お力もある。この屋敷は紫明さまの気であふれているので、もし蛇神が生きていたとしても襲われる心配はありませんからね」

どうやら怖がらせないように配慮をしてくれているようだが、その蛇神を宿している瑠璃子は複雑な思いで話を聞いていた。

やはり、瑠璃子の中に蛇神がいると気づいていない彼女たちに、決してこのあざを見られてはいけない。

紫明はあっさり受け入れてくれたものの、蛇神によい思いを抱いていないあやかしがほとんどなのだろう。もしここに蛇神がいると知られたら……北の国は大混乱するはずだ。だからこそ、蛇神を監視下に置くための婚姻だとは知られてはいけないのだ。

それにしても、この国のあやかしたちを恐怖に陥れた蛇神を逆に利用して力をつけようとする紫明の大胆さには驚かされる。蛇神にとっては皮肉な結果に違いない。

話を聞いていて不安に陥った瑠璃子は、着物の襟元を強くつかんで気持ちを落ち着けようとした。

「怖がらせてしまいましたか？　でも本当に大丈夫ですからね。紫明さまがいれば鬼に金棒なんですよ。鬼だけに」

芳がそんなふうに盛り上げてくれるので、瑠璃子は笑った。

ただ、ひとつの疑念が頭に浮かぶ。

もしや千夜は、蛇神の存在に気づいているのではないだろうか。だから態度や物言いが冷たいとしたら……。いや、もともとああいう性格なだけかも。

「あの、千夜さんはいつも冷静と言うか……」

瑠璃子が口を開くと、花が話し始める。

「冷静だなんてお優しい言い方ですね。にこりとも笑わないいんだから、紫明さまとは随分違いますよね。いつも気を張り詰めていて、こっちが緊張するというか」

「うんうん。最近ますます近寄りがたくなったかも。ピリピリしてる」

芳がそう言うのを聞いて、やはり自分がこの屋敷に来たからなのではないかと思えた。でも、もちろん蛇神について告白できないので、黙ってうなずいておく。

「あっ、そうだ。私、なにもすることがなくて暇なの。お手伝いさせてくれない？　掃除でも洗濯でもなんでもするから」

千夜を悪く言いたいわけではないので、話を変えた。すると三人ともに目を丸くしている。

「瑠璃子さまが掃除？」

「洗濯って……」

「紫明さまに叱られます」

次々とそう言った侍女たちだが、プッと噴き出した。

「なんだか、瑠璃子さまらしい」

そして和がひと言。あとのふたりもうなずいている。

「お断りしてもひとりでやりそうですね」

花の指摘に、瑠璃子も笑みがこぼれる。

「どうしてわかったの？」

「だって、瑠璃子さまですもん」

芳がそう言いながらケラケラ笑った。

手伝いを承諾された瑠璃子は、使った器を洗い、そのあとは洗濯に勤しんだ。さすがに洗濯機はなく大きなたらいでの手洗いで、なかなかの重労働。けれど、おしゃべりを楽しみながらの作業は、今まで話し相手がいなかった瑠璃子の心を弾ませる。

「紫明さま、この浴衣を瑠璃子さまが洗われたと知ったら、もう脱がないかも」

「いやいや。着るのがもったいなくて抱きしめてお眠りになるわよ」

「馬鹿ね。ご本人がいらっしゃるんだから、抱きしめるのは瑠璃子さまよ」

勝手な妄想で盛り上がる三人。その会話の内容は瑠璃子にとって面映ゆいものではあったものの、おかしくて笑ってしまう。

家事がこんなに楽しいと思ったのは初めてだ。

「仲睦まじくて、お子さまの誕生も早そうですね」

芳が笑顔で聞いてくる。

紫明との婚姻が偽りのものであるとまったく勘づかれていないのはよかったけれど、口づけですら先ほどが初めてだった。ましてや、それ以上は一切求めてこない紫明との間に子を授かるわけがない。

しかし正直に告白できず、曖昧に笑っておいた。

そもそも紫明は、瑠璃子の中の蛇神を監視して封じ込めておければそれでいいのだ。子などもうけるつもりは微塵もないはず。

自分と紫明の関係について改めて考えた瑠璃子は、なぜだか妙に寂しくなった。

「ところで紫明さまは、いつもどんなお仕事をされているの？」

昨日は千夜が代わったという仕事はなんだったのか気になって尋ねた。

「この国に関することはなんでもなさいますよ。街がにぎわっているのも紫明さまのおかげ。なにかいざこざがあると紫明さまが直々に話をお聞きになり、解決策を示されるのです」

花がそう言うと、芳が続く。

「以前、盗人が横行したことがあります。そのときに、銀次さまを頭に置いた護衛の集団の一部を、街に常駐されるようになりました」

銀次とは、祝言のときに紹介された紫明の幼なじみだ。

「そもそも銀次さまたちは、ほかの国からの侵略に備えてつくられた集団で、腕力自慢のようなあやかしたちが集結しています。彼らが街を巡回するようになってから、盗人はぐんと減りました」

芳の話を聞いていた和も口を開く。

「紫明さまのすごいところはそこからなんです。なぜ盗人が出るのかをお考えになり、生活が苦しい者に仕事を与えるように指示されました。捕まった盗人のうちのある者は和菓子職人の弟子になり、ある者は街の外れで田畑を耕し、今では穏やかに暮らしているそうです」

紫明は頂点に君臨してふんぞり返っているわけではなく、本当の意味で国を治めているようだ。

「そっか。すごいお方なんだね」

今さらながらに、そんなあやかしと夫婦になったのが信じられない。

それほど求心力のある鬼であれば、いくらでもお相手がいただろうに。この国を守るために蛇神を宿す瑠璃子を娶るしかなかったのだとしたら、気の毒だ。

「そうですよ。でも、紫明さまの伴侶が瑠璃子さまでよかった。紫明さま、見る目がおありだわ」

「芳、それは失礼よ。紫明さまはなんだってお見通しなんだから」

和が指摘する。

瑠璃子は褒めてもらえるのがくすぐったかったが、紫明とはそんな関係ではないことに胸が痛んだ。ただ、互いに利があって夫婦となっただけ。

「そういえば、幽世には現世のお金のようなものがあるのかしら」

話を聞いているうちに、幽世でも経済が動いていると感じた瑠璃子は、素朴な疑問をぶつけた。

「はい、通貨がございます。その昔、人間からそうしたものを学んで取り入れたと聞きました。それを主導したのも鬼一族。紫明さまの直属の祖先です。その頃から鬼がこの地を治めていましたが、あやかしたちの信頼を得てどんどん力を増していったのですよ」

自身も鬼である花が得意げに語る。

「花さんは、紫明さまとはご親戚？」

「ずっと祖先をさかのぼればどこかでつながっているのでしょうけど、紫明さまは代々頂点に立ってこられた鬼の本流の末裔でいらっしゃいます。私とは違うのです」

「そう……」

現世でいえば、由緒正しき家柄のご令息といったところのようだ。

そんなことを考えていると、ふと、蛇神を宿す京極家とはどんな一族だったのかと気になりだした。とはいえ、父も母も亡くなった今となっては誰にも聞けないのが残念だ。

それから侍女たちと大量の洗濯物を干し、空を見上げた。

ここ幽世にも太陽が昇り、やがて夜が来る。今までと変わらない生活でなんの不自由もなく、さらにはあやかしたちも人形なので、もうひとつの現世のような感覚だ。ただ、現世よりずっと穏やかな時間が流れている。

ひと言発するたびになんと返されるのかとおどおどしなくてもいいし、目立たないようにと隠れていなくてもいい。なにより、このあざをなじる者はおらず、理不尽な叱責も受けない。

けれど、蛇神を宿していることを知ったら、態度が豹変するのだろうか。

美月たちの行為を思い出すと、顔がゆがんだ。

千夜の態度が冷たいのはそれが理由だとしたら、きっと侍女たちも……。

とはいえ、紫明は知っていても優しく包み込んでくれる。紫明のそばにいれば、きっと助けてくれる。

これほど侍女たちと打ち解けて楽しく暮らしているのに、また不安が出てきてしまった。それは多分、今の時間が心地よすぎて、また現世のようなみじめな暮らしに戻るのが恐ろしいからだ。

いや、それより……。

紫明は彼の気が満ちたこの屋敷にいる限り、蛇神が出てくるようなことはないと話した。実際、左肩が熱く火照ることも、体の中で別の存在がうごめく感じも皆無だ。

でも、もしこのあざについて激しく罵られたら、また蛇神が暴れだすのではないだろうか。そのとき、この優しい侍女たちを傷つけるようなことがあったら……。

瑠璃子は自分の両手をじっと見つめた。

この手は、美月の首を絞めようとしたことがある。同じことが起こってもおかしくはない。

侍女たちを傷つけたくない。あざを気持ち悪がられるのにはもう慣れた。けれど、蛇神が暴走し始めたら自分では止められないのだ。

「瑠璃子さま、どうかされました？」

手拭いを干し終わった花が心配げに尋ねてくる。

「ううん、なんでもない」

慌てて笑顔を作ると、花もにっこり笑った。

彼女たちは侍女とはいえ、瑠璃子にとっては初めてできた友のような存在。決して傷つけてはいけない。

現世にいた頃とは違う緊張が、瑠璃子を襲った。


紫明と千夜が戻ってきたのは、侍女たちと夕げの支度をしている最中だった。

「瑠璃子、なにしてるんだ？」

「お食事の準備です」

ごくあたり前の返答をしたのに、紫明は目を丸くしている。

「いつもやらなくてもいいのだぞ」

「やりたくて、皆さんにお願いしました。まずかったでしょうか」

あまりに驚いた様子なので、いけないことをしたのかもしれないと体を固くする。

紫明がなんでも受け止めてくれると、甘えすぎていたのかもしれない。

「申し訳――」

紫明の顔をつぶしたのだと反省して謝罪しようとすると、彼がクスクス笑いだすので、一気に緊張がほどけていく。

「やりたいとは。さすがは我が妻。働き者だ。しかし、瑠璃子を働かせたくて娶ったわけではない」

「わかっています」

紫明の優しさはひしひしと伝わってきている。蛇神の監視、そしてその力を利用するという目的があれども、紫明は瑠璃子を常にいたわり、こうして気にかけてくれる。

「お暇で仕方がないとおっしゃるので、お掃除もお洗濯も手伝っていただきました。申し訳ありません」

芳がそう言うのに合わせて、三人が頭を下げる。

「ごめんなさい。私が無理を言ったんです。彼女たちは悪くありません」

侍女たちは瑠璃子の懇願を聞き入れただけなのだ。

「頭を上げろ。謝る必要がどこにある。瑠璃子の生き生きとした顔を見たのではないか？　妻を笑顔にしてくれるのだ。夫として礼を言う」

今度は紫明が軽く頭を下げるので、瑠璃子は慌てふためく。自分のためにこの国の頂点に立つ者が侍女に対して感謝を表してくれるのがうれしくもあり、戸惑いもあった。

「だが、瑠璃子を少し借りていくぞ。瑠璃子、俺を癒してくれ。少々疲れた」

「は、はい」

癒すとはどうすればいいのかさっぱりわからないけれど、承諾した。

「瑠璃子さま、存分に夫婦の絆を深めてくださいませ」

和がうれしそうに頬を緩めて言うので、照れくさくてたまらない。

「そうしよう。夕げができたら呼んでくれ。それまでは入室禁止だ」

「承知しました！」

満面の笑みで声をそろえる侍女たちとは対照的に、千夜は冷めた目で瑠璃子を見ていた。

紫明に手を引かれて長い廊下を歩き彼の部屋に入ると、ピシャリと障子を閉められた。

やはり怒っているのではないかと緊張が走ったけれど、振り向いた紫明は優しい顔をしている。

「焦ったぞ。あの三人の性格はわかっているつもりだが、またこき使われたのではないのかと」

それで帰ってきたとき、驚いていたのか。

瑠璃子は目を丸くした紫明を思い出して納得した。

「とんでもないです。皆さんお優しくて。あんなふうに話ができたのは初めてで……」

「そうか。よかった」

安堵の声をあげた紫明は、瑠璃子を引き寄せて抱きしめる。

「自分がこれほど心配性だとは知らなかったよ。今日も千夜に何度もうわの空だと注意された」

「そんな。私は大丈夫ですから」

幽世のあやかしたちが紫明に期待しているのであれば、それを妻である自分が邪魔するわけにはいかない。

「お前の大丈夫は信じない。強がりが好きな女だからな」

紫明は腕の力を抜いたかと思うと、瑠璃子の額に額を合わせる。息遣いを感じる近い距離にうろたえて、なにも言えなくなった。

必死に酸素を貪り(むさぼ)ながら瞬きを繰り返していると、紫明が頬に優しい口づけを落とすので、たちまち唇が触れた部分が熱く火照りだした。

「不安だったのではないか？」

「えっ？」

「幽世に来てから、俺がこれほど長く瑠璃子のそばを離れたのは初めてだ。銀次を屋敷の外に置いていったが、それでも俺は、お前のそばにいられなくてずっとやきもきしていた」

銀次が屋敷を守ってくれていたとは露ほども知らず、呑気におしゃべりを楽しんでしまった。ただ楽しくはあったけれど、心の片隅に侍女たちを傷つけてしまったらという不安もあった。

「ごめんなさい。銀次さんにまで迷惑をかけているとは――」

「迷惑ではない。俺は瑠璃子を守ると約束した。銀次ももちろん迷惑だとは思っていない」

紫明は柔らかな声で瑠璃子の発言を遮る。

「はい。ありがとうございます」

「それより瑠璃子だ。これから俺は、こうして出かける機会も増える。できるだけ瑠璃子が穏やかに暮らせるようにしてやりたい。だから、不安なことや困ったことは全部教えてくれ。対処してから出かける。そうでなければ、また千夜に叱られそうだ」

紫明が優しくて心配りのできる鬼だとは知っていた。けれど、そこまで自分のことを慮ってくれているとは。

紫明は想像していたよりずっと義理堅いあやかしなのだろう。

「紫明さまも千夜さんに叱られるんですね」

「朝、聞いてただろ？　千夜の言うことは正論ばかりだから怖い。ただ、信頼の置ける従者だ」

たったひとり選んでそばに置いているのだから、その信頼は確固たるものに違いない。

「……千夜さんは、私の中の蛇神についてご存じなのでしょうか」

思いきって尋ねると、紫明は一瞬難しい顔をしたもののうなずいた。

「千夜にはいろいろと手伝ってもらっていたからな。なにか言われたのか？」

「いえ。気になっただけです」

やはり、千夜は自分の存在が疎ましいのだろう。

自分の主がこんな出来損ないの人間と契りを交わしたのが納得できないのかもしれないし、蛇神を宿す存在がこの屋敷にいること自体受け入れられないのかもしれない。

「そうか。千夜のことでも遠慮なく言え。俺がいない間、疼くことはなかったか？」

紫明に左肩を撫でられてビクッとする。

「はい。大丈夫です。……ここにいれば蛇神は出てこられないとおっしゃいましたが、絶対ですか？　侍女たちを傷つけたらと怖いんです」

紫明の気遣いの言葉に誘われて、瑠璃子は正直な胸の内を明かした。すると紫明は神妙な面持ちで口を開く。

「現世も含めてすべての場所でここが一番出てきにくい。ただ、一番よいのは俺がそばにいることだ」

「はい」

だから外出先で過剰なまでに心配していたに違いない。

「この地が蛇神に襲われて以来、我が一族はそれに対処するための方法を探ってきた。そのために鍛錬(たんれん)を重ね、他者を圧倒する気を身に着けた。心配ならば、もっと俺の気を分け与えておこう」

気を分け与えるとは、どういう意味なのだろう。

首を傾げていると、紫明は瑠璃子の腰を抱く。

驚いて目を見開いている間に、唇が重なった。

すぐに離れはしたが、顔の角度を変えて近づいてきた紫明は、もう一度瑠璃子の口をふさぐ。

「ん……」

意図せず、鼻からため息が漏れる。それが妙に艶っぽく聞こえてしまい、瑠璃子の頬は真っ赤に染まった。

一向に終わる気配のない口づけに息が苦しくなり、紫明の胸を押し返したがびくともしない。ようやく唇が離れた隙に腰を引いたが、あっさりと捕まりいっそう密着するありさまだ。

「し、紫明さま……」

「逃げるな。まだだ」

そして再び柔らかい唇が重なった。

心臓が躍り、その鼓動に合わせて全身が脈打つ。彼の唇から熱が伝わってきて、やがて瑠璃子の体も火照っていく。

「はっ」

長い口づけからようやく解放されたとき、脚の力が抜けて座り込みそうになったところを紫明に支えられた。

「すまない。瑠璃子には少し激しすぎたようだ」

呼吸を乱す瑠璃子とは対照的に、紫明はいたって平然としている。

「しかし」

「キャッ」

紫明がいきなり瑠璃子の着物の襟をつかんでグイッと開くので、声をあげてしまった。

微笑む。

「薄くなっている」

なにをされるのかと顔を引きつらせたのに、瑠璃子の左肩を見た紫明は余裕の顔で微笑む。

「あっ……」

疼くときは上腕部まで広がる真っ黒な蛇のあざが、薄く、そして小さくなっているのだ。

「これが俺の気の効果だ。ただ、長くは持たないから繰り返さなければ」

「え……？」

口づけは、蛇神を抑えるためのものだったようだ。ということは、今朝の行為も夫婦だからではなくそのためだったのかも。とんでもない勘違いをしていたと恥ずかしくなったけれど、なぜか胸がチクリと痛んだ。

目に見えてあざが小さくなったことで安心感は増した。とはいえ、『繰り返さなければ』とは、またこの激しい口づけを交わすということだろうか。

「その呆(ほう)けた顔もよいな。しかし……」

紫明はそこで言葉を止め、瑠璃子の顎に手をかけるので、再び鼓動が勢いを増していく。

「瞳を潤(うる)ませて必死に口づけに応えようとしていた、さっきの顔も最高だったぞ」

「み、見ないでください」

見られているのがいたたまれなくなった瑠璃子は、両手で顔を覆った。すると紫明はおかしそうに笑っている。

「お前は俺の花嫁なのだ。そう照れるな」

「ですが……」

どうしたら照れずにいられるのか教えてほしい。

「まあ、そういう初心な反応もいい」

紫明はそんなことを言いながら着物を直してくれたものの、瑠璃子はまともに目を合わせられなくなった。

「あっ、あの……。紫明さまは蛇神を宿す私と結婚すれば能力が増すとおっしゃっていましたが、もしやこの口づけも……」

そもそも夫婦となるだけで蛇神の力を紫明が吸収できるのか不思議だったのだ。ただ、紫明の気が充満しているこの屋敷が安全なように、瑠璃子にはわからないなんらかの力が働いている可能性もあると思い、問う。

するとと紫明は、なぜかハッとした顔をして口を手で押さえ、目を泳がせた。

この反応はなんなのだろう。

「そうだ。口づけを交わすたび、俺の力が増していく」

不思議な間のあと、紫明が肯定の返事をする。それならば、恥ずかしがっていないで協力すべきだ。……と思っても、面映ゆいのはどうにもならない。

「そうでしたか」

「そういえば、祝言に来た和菓子職人を覚えているか？」

紫明は突然話を変えた。

「はい。瑞月庵を作られた方ですね」

「ああ。先ほど少し会ってな。瑠璃子に土産をと、さつまいもを使った菓子を持たせてくれた。千夜が侍女に渡しているはずだ。皆で分けて食べなさい」

「ありがとうございます。紫明さまはお食べにならないのですか？」

「なるほど。一緒に食したいというおねだりだな？」

何気ない質問をぶつけただけなのにそんな返答。どうやら墓穴を掘ったらしい。

「ち、違います」

「それは残念だ。俺は瑠璃子と食べたいんだが」

「あ……ぜひ」

もう自分がなにを言っているのかわからなくなった。

「あははは。瑠璃子と一緒にいると楽しくてたまらない。それでは、あとで。千夜と少し話がある。食事までゆっくりしていなさい」

紫明は楽しそうに笑いながら部屋を出ていった。

「まさか……」

蛇神についての不安を漏らしたら、こんな事態になるなんて。軽く触れただけの朝の口づけとはまるで違った。

「すごかった……」

瑠璃子は紫明の唇が触れたそれに指で触れながら、しばし放心していた。


その晩。紫明の部屋で夕食を食べたあと浴室に行こうとすると、廊下で千夜とすれ違った。

相変わらずにこりともしない千夜がふと足を止めるので、瑠璃子も立ち止まる。

「瑠璃子さま。幽世にお越しになられていろいろと不安がおありなのは承知しております。ですが、紫明さまは私たちにとって大切なお方。独占されては困ります」

「も、申し訳ありません」

独占しているつもりなど微塵もないし、どちらかというと紫明が放してくれない。けれども、千夜にしてみればそう感じるのだろうと納得して謝った。

「謝っていただきたいわけではございません。ただ、紫明さまはお優しい方ですから瑠璃子さまを放っておけないでしょう。ですから、瑠璃子さまのほうからきちんと線をお引きになってください。それでは失礼します」

千夜は一方的にまくしたてて行ってしまった。

昨日、紫明が仕事を放りだしたことを腹に据えかねているのだろうか。

ただ、一理ある。優しい紫明がこちらに来たばかりの自分を放っておくことはないだろうから、こちらから離れるべきなのかもしれない。

他人とかかわるという経験が少ない瑠璃子には、うまい関係の築き方がよくわからなかったが、紫明の足を引っ張ることだけはしまいと心に誓った。


その夜。瑠璃子はいつものように紫明に抱きしめられたまま眠りについたものの、なかなか寝つけなかった。千夜の言葉が気になるのだ。

うつらうつらするもののまた目覚め、を繰り返し。朝日が昇る頃布団を抜け出して同じ調子で呼吸を繰り返す紫明をこっそり観察していた。

鬼だというのに、整った顔。長いまつげを持つ目はときに鋭さを増すけれど、いつもは優しい。瑠璃子を貪った唇は、色素は薄いが形よく、鼻は筋が通っている。

こんな見目麗しいお方の妻に収まったなんて、いまだに信じられない。

けれど、もし瑠璃子に宿る蛇神を完全に封印できる方法が見つかり、紫明が蛇神の力を自分のものとすれば、そのときは婚姻を解消するのだろう。夫婦でいる意味がなくなる。

紫明の手をおそるおそる取り幽世に来たけれど、今までに感じたことがない温かな感情を与えられた。だから、いつか現世に戻るのだと思うと複雑な気持ちだ。ここを離れがたくなっているのだ。

そのうち、千夜が紫明を呼びに来た。

「紫明さま、お時間です」

「ん……」

生返事をした紫明は、ゆっくりまぶたを持ち上げていく。そしてすでに布団から出て正座していた瑠璃子を見て手を伸ばした。

「もう起きていたのか。おいで」

「いえっ。おはようございます」

「おはよう。おいで」

逃れようとしたのに捕まり、気がついたときには紫明の腕の中だった。

「千夜さんがお待ちです」

「少しくらいいいだろう？　夫婦の朝に水を差すな」

紫明はそんなふうに言うけれど、千夜に叱られたばかりの瑠璃子はそうもいかない。

「紫明さま、お支度をなさってください」

「なぜそんなに俺を拒否する」

「拒否しているわけでは……」

「紫明さま」

瑠璃子が紫明と小競り合いをしていると、廊下から千夜のピリッとした声が聞こえてきた。

「わかったよ。瑠璃子、今日は少し遅くなる。千夜を置いていくから困ったことがあればすぐに言いなさい」

「はい」

なにがあろうとも千夜には話しにくいが、とりあえず了承しなければ紫明が心配する。

「それでは」

ようやく起きると思った紫明が、いきなり腰を抱き寄せて口づけをするので息が止まった。

障子一枚隔てたところに千夜がいるというのに。

焦る瑠璃子は離れようと必死にもがいたけれど、紫明の力は並大抵ではない。離れるどころか余計に強く抱きしめられるありさまだった。

「昨日しっかり送っておいたから、このくらいで大丈夫だろう」

どうやら蛇神を抑えるために気を送っていたらしい。紫明にとってはただの事務的な行為だろうに、慣れない瑠璃子の心臓は爆ぜてしまいそうなほど大きな音を立てていた。

「帰ってきたら、またな」

放心している瑠璃子の耳元で妙に艶っぽい声でささやいた紫明は、乱れた浴衣を直しながら出ていった。障子が開いたときにちらりと見えた千夜ににらまれた気がして、今度は違う意味で心臓が跳ねる。

やはりあの目は怖い。紫明は困ったら千夜にと話していたけれど、正直近づきたくなかった。

昼食の準備は、また侍女たちと一緒に。

大きなかぼちゃがあったので、煮つけにした。瑠璃子はほんのり甘いかぼちゃが好きなのだが、相良の父は嫌いでなかなか食卓に並べられなかったことを思い出す。

「瑠璃子さま、どうかされましたか？」

手が止まっていたからか、花に心配された。

「ごめんなさい。なんでもないわよ」

慌てて取り繕い、笑顔を作った。

食事ができた頃、千夜が自分の分を取りに来た。皆で寄せ鍋をつついて以来、一緒に食したことはないのだ。

お盆におかずをのせると「ありがとうございます」とお礼を口にした千夜は、表情ひとつ変えず自室に戻っていった。

「もー、愛想笑いくらいすればいいのに」

芳が漏らせば、うなずいた和が続く。

「お仕事は、すこぶるできる方みたいなのよね。なにせ紫明さまが絶対的な信頼を置いているし」

それは紫明の話の端々からも伝わってくる。

「千夜さんは、ずっと紫明さまの従者をしているの？」

「私がここに来たときはもういらっしゃったので、よくわかりません。ただ、幼い頃から一緒だったと小耳に挟んだことが」

「幼い頃から……」

千夜について尋ねると、花が大まかに教えてくれた。

おしゃべりな三人と楽しい昼食を囲んだあと一旦部屋に戻ろうとすると、器を片づけに来た千夜とすれ違った。

そのとき、冷たい視線で貫かれた気がして瑠璃子は足を止める。

「千夜さん」

思いきって呼び止めると、彼は振り向いた。

「なんでしょう」

「……私のこと、お嫌いですか？」

なんと聞こうか考えあぐね、結局とてつもなくまっすぐな言葉になる。尋ねたいのはその一点のみだからだ。

質問したものの、なんと返ってくるのか怖い。視線を合わせられず床に落としていると、しばらくの沈黙のあと千夜が口を開いた。

「ええ、嫌いです」

凍えるほど冷たい返事が瑠璃子の胸を突き刺す。覚悟していたとはいえ、想像以上に痛かった。

「紫明さまの害となり得る存在は、すべて嫌いだ」

遠慮なしにはっきりと言う千夜は、顔を上げた瑠璃子に厳しい眼差しを注ぐ。

「しかし、瑠璃子さまの祖先がいなければ、鬼の一族、そしてこの北の国は滅んでいたでしょう。瑠璃子さまには恩はないですが、紫明さまが瑠璃子さまを守れとおっしゃるなら、守らなければなりません。私は別の方法でもいいと思っておりますが」

祖先？　恩？　別の方法？

千夜はすこぶる大切なことを話しているように思えるものの、ほとんど理解できなかった。

胸に手を当てて立ち尽くしていると、千夜の小さなため息が聞こえてくる。それに体を固くするのは、美月たちになじられるときの空気と似ていたからだ。

「失礼します」

しかし特になにもなく、千夜は離れていった。

「祖先って、なに？」

小さくなっていく千夜の背中を見ながら、問えなかった言葉を口に出す。

京極家の人間には時折蛇神を宿す者が現れるようだが、もっとなにか秘密が隠されているのだろうか。

それに〝別の方法〟というのがひどく気になった。


午後からは紫明の部屋の掃除などをしていると、あっという間にときが過ぎた。

紫明が気を送ってくれたからか、左肩が熱を帯びることも、体の異変もまったく感じない。それどころか体が軽く、長年にわたり――いや生まれてからずっと、重しがのっているような状態だったのだと初めて知った。

遅くなると話していた通り、紫明はなかなか戻ってこない。でも、千夜を頼らなければならないような事態も起こらず、ホッとしていた。

紫明の浴衣を片づけたあと、姿見に映った自分を見つめて問いかける。

「ここにいてもいいのよね……」

相良家にいるのがつらくてたまらず、婚姻という名の契りを交わして幽世に来たのだけれど、紫明に頼り通し。千夜が『瑠璃子さまには恩はない』とためらいなく言い放ったが、瑠璃子の祖先が紫明たち鬼一族になんらかの恩恵をもたらしたからといって、親切にされるのは申し訳ない。

とはいえ、現世に戻るのも怖い。

自分は結局、紫明に甘えているだけではないだろうか。そして優しいと思っていた紫明が、瑠璃子自身ではなく祖先に敬意を払っているだけなのだと知って、なぜか胸が苦しくなった。

後悔と覚悟

紫明は相変わらず『気を送る』と称して、瑠璃子に甘い口づけを落とす。気をもらうのと同時に蛇神の力が紫明に移っているはずだが、一体いつまで続ければ効果があるのだろう。そもそも紫明がどれほどの力を有しているのかをよく知らない瑠璃子には判断がつかない。

恥ずかしくてたまらずいつまで経っても頬が赤らんでしまうため、そのたびに紫明に笑われているが、この時間が心地よくなりつつある。恥ずかしくはあれど、とろけるような優しさで包み込まれる感覚があるせいか、幸福をひしひしと感じるのだ。

しかも、左肩のあざはずっと薄くて小さいままで、蛇神のせいで侍女たちを傷つけるのではないかという不安からも解放された。

三人娘はせわしなく働き、瑠璃子の世話を甲斐甲斐しく焼く。しかもそれが楽しそうで、瑠璃子も笑顔が絶えない。

一緒に働きながらのおしゃべりは、瑠璃子にとってかけがえのない時間。青春を取り戻したかのようで、毎日心を弾ませている。

その日は、久々に紫明はどこにも出かけず、朝からずっと屋敷にいた。

「紫明さま、お茶をお持ちしました」

洗濯を始めようとしたら侍女たちにお茶を持たされて、紫明の部屋を訪ねた。雑用はいいから、ふたりで過ごせということらしい。

紫明と瑠璃子が仲睦まじい夫婦だと思い込んでいる彼女たちの配慮を、無下にもできなかった。

部屋の中から足音が聞こえてきてすーっと障子が開く。優しい笑みを浮かべる紫明は、「入って」と瑠璃子を促した。

「すまない。窓を開けていたから少し寒いな」

部屋の片隅に火鉢は置かれているけれど、たしかにひんやりとした空気が漂っている。

「空気を入れ替えていらっしゃったんですか？」

座卓にお茶を置いて尋ねた。

「いや、ここから見える街の景色が好きでな」

窓際に行った紫明は、閉めた窓越しに屋敷のある場所より低いところにある街を見つめた。瑠璃子も隣に立ち、同じように視線を送る。

「私も好きです。紫明さまは今頃どこにいらっしゃるのかと、いつも見ております」

そう伝えると、不意に腰を抱かれて面映ゆい。紫明はことあるごとにこうして触れてくるけれど、あやかしにはそうした習性があるのだろうか。

「そうか」

紫明がなぜかうれしそうに微笑むのが不思議だ。

「瑠璃子が俺のことをそんなに気にかけてくれているとは光栄だ」

「……旦那さま、ですから」

紫明のことが気になって仕方がないのは事実。ただ、それを認めるのはとてつもなく照れくさくて、耳まで熱い。

「そうだよな。うれしいよ」

声を弾ませる紫明が、瑠璃子を背中越しに抱きしめた。そして左肩に顎をのせるので、紫明の髪が頬に触れて冷静ではいられない。何度口づけを交わしても、近い距離は鼓動が高鳴るのだ。

「もう、体は疼かぬか？」

「はい。紫明さまのおかげで少しも」

恥ずかしさのあまり視線を泳がせたまま答える。すると紫明は瑠璃子の着物の襟元をグイッと開いて、左肩をあらわにした。

「し、紫明さま？」

「かわいそうに。ずっとこの蛇神に苦しめられてきたんだな」

紫明に優しくあざを撫でられると、ゾクッとする。しかも、撫でるだけでは飽き足らず、彼は柔らかい唇を押しつけた。

突然の出来事に声も出ない。ただ、少しも嫌ではなく、全身が火照っていく。

「我々鬼一族のせいだ。すまない」

「えっ？」

瑠璃子の着物を直した紫明は、意味深長な言葉を口にする。

「それはどういう――」

「手持無沙汰ならば、街に下りてみるか？」

千夜が話していた祖先の話とつながりがあるのではないかと尋ねたけれど、遮られてしまった。話したくないのだろうか。

とはいえ魅力的な提案に、気持ちが上昇していく。

「はい、ぜひ」

「先にお茶をいただこう。そのあと、我が妻のお披露目(ひろめ)だ」

「お披露目？」

聞き捨てならないことを言われて声が裏返ったせいで、紫明に笑われてしまった。

「そうだ。祝言に来た者しか瑠璃子の姿を拝めていない。美しい花嫁だと評判が立っているぞ。実は街の皆から、早く連れてこいと急かされているのだ」

「美しいって……」

自分に向けられた言葉だとは信じられず、瞬きを繰り返す。

「そうだ。美しいでは足りないか？」

「そうではございません。ハードルを上げられては、行きにくいのです」

とんでもない勘違いに声が大きくなる。そんなに期待いっぱいでは、絶対にがっかりさせる。

「ハードルとは？」

「合格をいただける点数が高くなるということです」

「それなら心配いらない。どこからどう見ても合格だ」

紫明はしれっと答えるが、眉目秀麗の彼とは根本的に違うということをわかってもらわなければ。

「美しいというのは、銀次さんの妹さんのような方を指すのです」

ふと祝言のときに来てくれた橙羽の顔が浮かんでそう言った。涼しげで黒目がちな目を持つ彼女は、そこはかとない色香を漂わせていて、かわいいというより美人という言葉が最適。大人の雰囲気漂う女性だった。

「橙羽？　たしかに橙羽も美しいとは思うが、俺は瑠璃子が好きだ」

顔をのぞき込まれて『好きだ』と言われては、お世辞だとわかっていても勘違いしてしまいそうになる。

紫明と契りを交わしてから蛇神はうごめかなくなったのに、心臓の動きが速まってばかりで息苦しい。

瑠璃子は胸に手を当てて、こっそり深呼吸した。

「心配はいらない。皆、瑠璃子に会えるのを首を長くして待っているんだ。ただ……」

紫明の顔からすっと笑みが消えたので、緊張が走る。

「残念ながら、この地の者は蛇神に憎しみを抱いている。蛇神の存在を少しでも感じれば、怒りの矛先が瑠璃子に向かないとは言えない」

蛇神に荒らされて多くの者が命を落としたと聞いた。そのときの恨みつらみが深く根づいていても不思議ではない。

「しかも蛇神は、ここ幽世で出てきたくてうずうずしている」

「そんな……」

蛇神はそもそも幽世に存在したあやかしなのだから、もしかしたら現世より動きやすいのかもしれない。そうだとしたら、これほど穏やかに暮らせているのは、やはり紫明の気の力が大きいからに違いない。

「ただ、この屋敷の敷地内でなくても、俺に触れていれば蛇神は決して暴走しない。街の者たちが瑠璃子の中にいる蛇神を感じることはないだろう。だから、手を放してはいけないよ。それだけは約束してほしい」

「……はい」

そこまでして行く必要はないかもしれないと思い、視線を泳がせて返事をする。

「瑠璃子」

紫明は瑠璃子の手を優しく握り、名前を呼んだ。

「お前の一生はまだまだ長い。俺はここに閉じ込めておこうとは思っていないんだよ」

「閉じ込めて？」

「まあ正直、ほかの者に瑠璃子を見せたくない。俺だけが愛でていられればそれでいい」

紫明のとんでもない発言に、目をぱちくりする。

「でもお前は、現世で窮屈な生活を強いられてきたはずだ。人目を避け、用がなければ部屋にこもり、欲しいものだってあったはずなのに十分に与えられなかっただろう？」

「窮屈……」

それが当然だったため、特にそうは思わなかった。しかし、今の自由な生活を鑑みると、ひどく窮屈だったのかもしれない。自分の意思が反映されたのは、食事の献立作りだけだったから。

「俺は瑠璃子の笑顔が見たいんだ。そのためならなんでもする。街が気になっているんだろう？」

「気になっています、とっても。行ってみたい」

思いきって本音をぶつけると、紫明は満足そうにうなずいた。

お茶を楽しんだあと侍女たちを呼んだ紫明は、瑠璃子を着飾らせるようにと指示を出した。そのまま出かけると思っていたため驚いたけれど、張りきりだした侍女たちが楽しそうなので、すべて任せることにした。

「紫明さまと初めてのお出かけですね」

三人が小競り合いしながら選んだのは、艶やかに染まった紅葉のような深い赤色の着物だ。

髪結いは和が得意なようで、祝言に続き彼女の担当。長い黒髪を低い位置でひとつにまとめてかんざしを挿すと、少し落ち着いた雰囲気に収まった。

最後に芳が赤い紅をさしてくれて、準備は終わった。

深紫の渋い着物と黒い袴に着替えた紫明が、部屋まで迎えに来てくれた。

彼は幽世で外に出かけるときはいつも、左脇に刀を差している。最初はそれに驚いたけれど、なにがあるかわからないから念のためであり、まず使うことはないと聞いて安心した。

にっこり笑う侍女たちは、「いってらっしゃいませ」と潮が引くように去っていく。おそらく気を使ってふたりにしてくれたのだ。

「これはまた」

紫明はそう言うと、腕を組んで瑠璃子を見つめたまま微動だにしない。沈黙の時間が怖くて口を開こうとしたそのとき、紫明が先に話し始めた。

「先ほどの言葉は撤回したい。やはりここに閉じ込めておきたい」

「えっ？」

「こんなに美しくては、男どもが群がりそうだ。俺の花嫁なのに」

独占欲をむき出しにされても、戸惑いばかりだ。たしかに紫明の妻ではあるけれど、嫉妬心をあらわにするような間柄では決してない。

「いえ……」

「瑠璃子。もうひとつ約束を付け加えてもいいか？」

「はい、なんでしょう」

決して紫明から離れないこと以外に、まだなにか守らなければ危ないのだろうか。

緊張しながら答えると、紫明は口の端を上げた。

「ほかの男に目を奪われてはならん。瑠璃子が見ていいのは俺だけだ」

意外すぎる約束に、思考が停止する。

「聞いているか？」

「は、はい。承知しました」

承知もなにも、瑠璃子の夫は紫明なのだ。いくら愛で結ばれたわけではなくても、ほかの男性に気をやるなどありえない。

しかも、これほど優しくて見目麗しい夫を毎日見ているだけで、もうお腹いっぱいだ。

「それでは」

紫明は瑠璃子の右手を取り、自分の左腕につかませる。照れくさいものの、これは蛇神から自分を守るためだと言い聞かせて足を踏み出した。

屋敷を出たところで立ち止まった紫明は、幽世を訪れたときのように瑠璃子の手をしっかりと握る。すると一瞬にして街が目の前に現れた。

「すごい」

「簡単に行き来できると、屋敷の護衛が今の何倍も必要になる。許可を受けた者だけが、こうして移動できる」

安全を確保するために、街と紫明の屋敷は道でつながっていないようだ。

「ほら、騒がしい声が聞こえてきたぞ」

紫明に言われて耳を澄ますと、たしかに子供たちの甲高い声が聞こえてくる。

「活気がありますね」

「そうだな。ここは北の国いち、発展しているんだ」

紫明は話しながら足を進めた。

「苦しくはないか?」

「苦しいとは?」

問われて首をひねる。

「我々あやかしは、それぞれ〝気〟を持っていると話したな。それを持たない人間には少々強すぎるのだ。ひとつふたつなら問題なくても、何百もの気に囲まれると影響を受けて苦しくなる者がいる。体の小さな子供は顕著で大人になるとそれほどでもないのだが、街には様々な気があふれているから少し心配で」

意識してみると、四方からなにかの圧がかかっているような感覚もあるけれど、苦しいというほどではない。それより、期待に胸が膨らんでいる。

「私は大丈夫みたいです」

「そうか。それならよかった。気分が悪くなったらすぐに知らせて。早めに切り上げよう」

「はい」

瑠璃子が返事をすると、紫明は安心したように微笑んだ。

さらに進むと、道の両側に商店らしき建物がずらっと並んでいるのが見える。

現世でいえば都会の繁華街といったところだろう。もちろん高層ビルも車もないけれど、行き交う者は数多く、わいわいがやがやとやかましい。といっても不快なわけではなく、皆の表情が生き生きとしていて見ているだけで心が躍る。

「瑠璃子。約束はどうした」

「あっ、すみません」

想像以上の活気ある様子に興奮気味の瑠璃子は、うっかり紫明から離れそうになり叱られた。しかし頬を緩める紫明は、怒っているわけではなさそうだ。

あちこちに目をやると、商店の前で野菜を値切っている者や、立ち止まって会話を楽しんでいる者、店の軒先で団子を食べながら談笑する親子など、微笑ましい光景があふれていた。人間と同じだ。

「先日、瑠璃子の新しい着物を頼んでおいたからそれも見に行こう」

「あんなにたくさんあるのに？」

屋敷の箪笥は、紫明が用意してくれた新しい着物でいっぱいだ。

「まだまだ足りない。お前は今までいろんなものを我慢してきたのだから、もっと欲を出せばいい。俺がすべて叶えてやる。行くぞ」

紫明は意気揚々と歩きだした。その表情はいつも以上に柔らかく、彼も楽しんでいるように見える。

――ここが、紫明が治める北の国。

改めてすごい夫を持ったのだと気が引き締まる。

「紫明さまだ！」

そのとき、かすれ十字柄の着物を纏った男の子が駆け寄ってきた。

「おぉ、久しぶりだな。元気にしてたか？」

歳の頃、五つ六つだろうか。男の子の頭を撫でる紫明は腰を折って話しかける。

「うん！　母ちゃんも元気」

「それはよかった」

「この人だあれ？」

紫明の袴をつかむ男の子は、瑠璃子を見て不思議そうな顔をした。

「俺の花嫁の瑠璃子だ。きれいだろう？」

子供相手とはいえ、そんなふうに紹介されて面映ゆい。

「うん、きれい！　でも、母ちゃんのほうがもっときれい！」

「あはは。負けたか」

母親の自慢ができるなんて、親子の絆が垣間見えてとても素敵だ。

「あっ、行かなきゃ」

「気をつけるんだぞ」

男の子に優しい眼差しを注ぐ紫明は、手を振る彼に振り返した。再び歩きだした紫明が口を開く。

「あの子の父は、街でのもめごとに巻き込まれて亡くなってしまってね」

「亡くなったんですか……」

衝撃の告白に、息が止まりそうになる。

「喧嘩の仲裁をするような正義感の強い男だった。それで母と子だけになってしまって生活が困窮したんだ。街を巡回していた銀次が気づいて、母に仕事を仲介して元気を取り戻した。それから銀次たちの護衛団だけでなく、そうした者たちを手助けする役割を担う集まりも作って、ようやくうまく回り始めたところだ」

「そうでしたか」

紫明はこの地をよくするために日々知恵を絞っているようだ。

「生活が苦しいとギスギスして争いも増える。皆が穏やかに暮らせるのが目標だ。まだまだ先は長い」

現世も喧嘩や争い、そして犯罪がある。あやかしたちも同じような問題を抱えて生きているようだ。その舵取りをしている紫明は、頭脳明晰なのだろう。

「紫明さま」

そのうち、とある細面の男性が紫明に気がついたのをきっかけに、たちまち大勢に囲まれてしまった。

「花嫁さまですか？」

紫明と同じくらいの歳に見える女性が、興味津々で尋ねてくる。

「そうだ。我が花嫁の瑠璃子だ」

紫明が瑠璃子の腰を抱いて自慢げに言い放つと、どよめきが起こった。

まさかこんなふうに囲まれるとは思いもよらず、緊張で顔を引きつらせながらも懸命に笑顔を作って会釈を繰り返した。とにかく紫明に恥をかかせてはならないと必死だったのだ。

「噂通り、お美しい」

「お似合いだ」

褒め言葉が飛び交い、安堵した。

たとえそれがお世辞だったとしても、一様に笑顔が弾けていて、嫌がられてはいないとわかったからだ。

「握手していただけますか？」

杖をついた初老の男性が、瑠璃子に申し出る。

どうすべきかと紫明に視線を送ると、小さくうなずいた。

紫明が腰を抱いてくれているため、手を放してもよさそうだ。

瑠璃子はしわしわのその手を両手で包み込んだ。傷だらけではあったが、働き者の手だ。水仕事で荒れていた手を褒めてくれたときの紫明を思い出した。

「この街の長老だ。祝言にも招いたのだが、腰をやってしまって来られなくて。もうよくなりましたか？」

「待ちに待った紫明さまの祝言だと、少々張りきりすぎてね。お恥ずかしい限りだ。でもこの通り、ピンピンしておる」

長老が元気で、紫明もうれしそうだ。

「ご無理なさいませんよう」

「うれしいね。ありがとう」

瑠璃子が声をかけると、長老は目を細めてうなずいた。

「現世の生活に興味を持って、積極的に取り入れたのは長老なんだ。この街を発展させた功労者だといっていい」

紫明が説明してくれる。

「活気があってびっくりしました」

瑠璃子は素直な気持ちを口にした。

現世も都会の繁華街は人であふれているが、赤の他人が集結しているだけという印象。しかしここは、様々な会話が生まれている。

「すべては鬼一族のおかげだ。蛇神に荒らされて皆が絶望の淵にあったのに、代々この地を平穏に導くことに心を砕いてくれた。紫明さまはその血を引き継いでおられる、すこぶる優秀なお方。慈悲深くて、こうして誰にでも分け隔てなく接してくださる」

笑みをたたえる長老は、饒舌に語る。まるで自分の息子を自慢しているかのようで微笑ましい光景だった。

しかしその一方で、瑠璃子の鼓動は緊張で速まっていた。蛇神への憎悪の念はやはり根深く、万が一にもここにその蛇神が宿っていると知られたら、自分はどうなってしまうのだろうと怖かった。

「俺もここに来るのが楽しいのだ。長老には感謝している。批判されつつも新しいものを取り入れたからこそ今がある」

現世の風習がすべて歓迎されたわけではないらしい。

人間も新しいものに手を伸ばすときは慎重になるし、古き習慣を崩そうとすると批判も浴びる。それと同じだ。

「ありがたきお言葉。瑠璃子さまは現世の方なんですな」

その質問に顔がこわばった。

自分は異質な存在。いわば〝新しいもの〟なのだ。祝言に来てくれたあやかしたちは、皆受け入れてくれたが、これだけ多くのあやかしがいれば快く思わない者がいてもおかしくはない。

「そうだ。我が花嫁は誰よりも優しくて気配りのできる、素晴らしい人間だ。俺が愛してやまないのだから、皆にもわかってもらえるはず」

紫明は悪びれる様子もなく堂々と語り、瑠璃子の手を持ち上げて甲に口づけを落とす。

大勢の前での行為に心臓が縮こまったが、紫明が視線を合わせて優しく微笑むので、胸に温かいものが広がっていく。

異質な存在――しかも蛇神という、いわば敵を体に宿していると知っていても、ためらうことなく花嫁だと紹介してもらえるのがありがたかったのだ。

「もちろんですとも。紫明さまがおっしゃることに間違いなどひとつもない」

長老の隣にいた男性が笑顔で声をあげる。紫明への信頼の厚さがよく伝わってきた。

「今日は瑠璃子に我が街を自慢したくて来たんだ。なにか陳情があればまたの機会に聞こう。夫婦水入らずで過ごしたい」

紫明はそんなふうに言いながら、瑠璃子に優しい視線を送る。

「仲睦まじくてうらやましいですわ。どうぞ楽しんでください」

幼い子を抱いた母親がそう言うのをきっかけに、輪になって瑠璃子たちを囲んでいた者たちが道を作ってくれた。

紫明の完璧な演技のおかげで、愛のない婚姻関係だと微塵も露見している様子はない。なにせ瑠璃子自身が、本当に愛されているのではないかと錯覚するような行動ばかりで、ひとつも演技をしなくてもよいのだ。ただ、自然に任せて頬を赤らめているだけで。

しかも、蛇神がここにいることに勘づいている者はおらず、瑠璃子は胸を撫でおろした。

再び紫明の腕に手をかけて歩き始める。商店の店頭に並ぶものに次から次へと目移りしてしまい、落ち着きなく終始キョロキョロしていた。

「瑠璃子に似合いそうだ」

紫明はなにかを見つけて瑠璃子を引っ張る。その店には、いろとりどりのかんざしが並べられており、その中のひとつを手にした紫明が瑠璃子の髪に当てだした。

「優しい色だが少し地味か……。でも、普段使いにはよさそうだ」

桜色の二本足の素朴なかんざしは、紫明と話をしたあのソメイヨシノの花の色に似ている。

「素敵」

「よし、これと……」

思わず素直な感想を漏らすと紫明は購入を即決し、ほかにも紅色の珠に花々が描かれた玉かんざしなど、いくつも手に取って次々と店の者に渡していく。

「紫明さま、ひとつで十分です」

「俺が買いたいのだ。妻をもっと美しく着飾らせたいと思ってはだめか？」

「いえ」

だめなわけがない。とはいえ、現世では身に着けるものは必要最小限で、長い髪を結っていたのも、黒いゴムひとつ。着飾るという経験をしたことがない瑠璃子は、紫明の豪快な買いっぷりに圧倒されていた。

「千夜に渡しておいてくれ。瑠璃子、次に行くぞ」

そのとき初めて、千夜がついてきていることを知った。頭たる紫明が護衛もなしには歩けないのだろう。気配もなく姿も見かけないのは、紫明がそう指示を出しているからに違いない。

「千夜さんも来てくださっているんですね」

「そうだな。万が一のことを考えると、千夜か銀次がそばにいる。でも安心しろ。邪魔はさせない」

「邪魔だなんて」

そんなふうに感じたわけではない。ただ、自分たちの楽しみのために仕事を増やして申し訳ないと思ったのだ。

「俺は邪魔だけどな。瑠璃子とふたりきりで気兼ねなく歩きたい。そうできなくてすまない」

「とんでもない。千夜さんは紫明さまを守ってくださっているんですもの」

たしかに常についてこられるというのは少し窮屈だ。でも、紫明の身の安全のためならば致し方ないし、むしろ感謝すべきだ。

「そうか。その分、屋敷に帰ったら思う存分甘やかそう」

今でも十分甘やかされているのに、これ以上どうするというのだろう。

しかし、そんな野暮な質問はしない。紫明がすこぶる楽しそうだからだ。

それから、注文しておいてくれたという着物を受け取りに行き、祝言にも来てくれた瑞月庵を立ち上げた和菓子職人が営む立派な和菓子屋の店頭にある長椅子で、栗の餡が入った柔らかい大福を頬張った。

「瑠璃子は、食べているときは子供のように目を輝かせるな」

隣に座った紫明が、顔をのぞき込んでくる。

「だって、すごくおいしいんですもの」

砂糖の甘みはほどほどに、栗のほっこりしたそのものの甘さが口の中に広がり、とても幸せだ。

「そんなに好きなら俺のも食べていいぞ」

「それほど食い意地は張っていませんよ」

いつの間にか声を弾ませていた。

なにを言ってもとがめられない。それどころか一緒に笑ってもらえる。そんな時間がこれほど心地よいとは知らなかった。

「あはは。食い意地が張っているくらい、なんていうことはない。ほら、口を開けなさい」

口の前に大福を出されたが、首を横に振って固辞した。以前、こうして食べさせ合うのが習わしだとだまされたからだ。

「食べさせ合う決まりはないと聞きましたよ」

「たしかに、そんな決まりはない。でも俺がしたいんだ。夫の頼みを聞いてくれないのか？」

あっさり嘘だと認めた紫明だけれど、引く気はなさそうだ。

「そういうわけでは……」

先ほどから売り子がちらちらとこちらを見ている。押し問答をすればするほど注目される気がして、小さく口を開いた。すると甘い大福が口に入ってきたのと同時に、つながれたままの手に力がこもり、ドキッとする。

「かわいいな。俺の嫁は」

目を細めてそう漏らす紫明の妻を愛でる演技の徹底ぶりに、感心するやら恥ずかしいやら。

なにも言えない瑠璃子は黙々と大福を食べ続けた。

お腹が満たされて幸せな気分で和菓子屋をあとにすると、子供たちが十人ほど集まって遊んでいる。四、五歳くらいの女の子から、十歳くらいの男の子まで年齢はまちまちだ。兄弟だと思われる顔がそっくりな子もいた。

幼い頃からあざを怖がられていた瑠璃子は、美月とこうした時間を持ったことはない。だからか、楽しそうな声をあげて満面の笑みを浮かべる彼らが少しうらやましくもあった。

瑠璃子が足を止めると、紫明も同じように視線を送る。どうやら鬼ごっこをするようで、じゃんけんを始めた。

「現世と同じだ」

「現世を真似ているからな。あちらの生活を観察して戻ってきた長老が、子供たちに教えたんだ」

遊びまで現世の影響を受けているとはびっくりだった。でも、子供が胸を躍らせる遊びは、人間もあやかしも大差ないのかもしれない。

「あの右端のちび」

紫明がとある小さな男の子を指さす。真ん丸の目が印象的で、近くに行って触りたいくらい頬がみずみずしい。

「彼も鬼だ。鬼が鬼ごっことは複雑だろうな」

思いもよらぬことを言うので、噴き出しそうになった。

「本当だ。紫明さまもお嫌だったんですか？」

「俺は嫌じゃなかった。どちらかというと〝俺に従え〟くらいに思ってたな。そこそこ足が速かったし力もあるから、鬼になってもすぐに捕まえられるし」

どうやら頭脳明晰なだけでなく、身体能力も相当高そうだ。

それにしても、俺に従えとは。その頃から頭になる意識があったのだろうか。

そのうち鬼役が決まったようで、あとの子供たちは散り散りになっていく。ところが、坊主頭の男の子が逃げる途中でなにかにつまずいて、激しく転んでしまった。

「うわーん」

うまく手をつけず、顔を思いきり地面に打ち付けたその子は、たちまち大声で泣き始める。見れば鼻からは血が滴り、眉の上も切れたのか血がにじんでいた。

「大丈夫？」

いてもたってもいられない瑠璃子は、その男の子のところに駆け寄る。

「瑠璃子！　だめだ！」

紫明のそんな声が聞こえたけれど、足は止まらなかった。

「ひどいけが。痛かったね」

男の子を抱き上げた瑠璃子が着物の袖に忍ばせておいた手拭いを取り出そうとしたそのとき、男の子の顔が真っ青になり、ガタガタと震え始める。

「どうしたの？」

「蛇神だ！　蛇神が現れたぞ！」

どこからか、腹に突き刺さるような低い男の声が聞こえてきてハッとする。紫明に触れていなければならなかったのに、男の子が心配で頭から飛んでいた。

「瑠璃子！」

その直後、紫明が瑠璃子をかばうように覆いかぶさり、地面に転がる。近くにいた男に殴られそうになったのを助けてくれたのだ。

「殺せ！　早く殺せ！　その女は蛇神だ！」

再び大きな声が聞こえてきて、数人の男たちに囲まれてしまった。

「落ち着け。彼女は蛇神ではない」

すぐに立ち上がった紫明は、男たちに言葉をかける。しかし男たちの目は血走っており、尋常ではなかった。

「紫明さま、どいてください。蛇神のせいで、どれだけの者が死んだと思っているのですか！　紫明さまはその女にだまされている」

　そのうちのひとりが、怒りをあらわにして手を振り上げる。恐怖に体が震えて立つことすらできない瑠璃子は、殴り殺されると覚悟した。

　しかし紫明が拳を片手で軽々と止め、軽く押し返しただけでその男は吹っ飛んでいく。

　さらには腰を低くして構えた紫明が、右腕を左から右へとひと振りすると、触れてもいないのに周囲の男たちがはじけ飛ぶ。そのあと別の男たちが次々と瑠璃子に向かってきたものの、結果は同じ。全員、地面に倒れこんだ。

「やめろと言っているのだ。お前たちをこれ以上傷つけたくない」

　圧倒的な力を示した紫明は、冷静に言葉を紡ぐ。

　けれどあやかしたちの怒りは収まらず、紫明よりずっと背丈の大きな男が目の前に現れた。彼は右手に鈍く光る鎌を持っており、冷静さを失っているように見える。

「ならん！」

　瑠璃子の前に立ちふさがった紫明は、今度は刀の柄を握りながら叫ぶ。

「千夜、ならん！」

　大男を制していると思いきや、その背後にいた千夜に向けられた言葉だった。

　怒りに満ちた表情の千夜は、右手を顔の前に伸ばし、手のひらを男のほうに向けた。

　その手の前に風が渦巻き始め、次の瞬間それを大男に向かって投げつける。

「だめだ！」

紫明が足を踏み出したそのとき、どこからか銀次が現れて大きな剣を振り下ろす。するとと千夜が放った突風は、散り散りになった。

「紫明さま、ここはお任せください」

「頼んだ。瑠璃子、行くぞ」

銀次に返事をした紫明は、瑠璃子の腕を引いて立たせたあと、そのまま走り始める。

「少し頑張れ」

「あの子は……」

「銀次の下に治療のうまい者がいる。任せておけば間違いない」

それを聞いて安心したが、同時にとんでもない失態をしたのではないかという動揺で体が震えて足がもつれる。

「大丈夫か？」

「はい。……私、私……」

「おびえなくてもいい。お前には指一本触れさせない」

険しい形相の男たちが向かってきたときは、殺されるのではないかと恐怖に呑み込まれた。しかしその恐怖から逃れると、今度は街の者たちの蛇神への憎悪の大きさに震えたのだ。

自分は本当に幽世に来てよかったのだろうか。皆から慕われる紫明の花嫁になったのは間違いだったのではないのだろうか。

そんな思いに支配され、冷静ではいられない。

「とにかく屋敷に戻ろう」

「私……」

瑠璃子は紫明の屋敷に帰ってもよいのかわからなくなり、足が進まない。すると紫明は瑠璃子を軽々と抱き上げてすさまじい勢いで走り始めた。風を切る音が瑠璃子の耳に届く。

『そこそこ足が速かったし力もある』と話していたが、そこそこなんていう程度ではない。人間でこれほど速く駆けられる者は皆無だし少しも重そうではなく、先ほどの指すら触れない戦いぶりといい、紫明の能力の高さに驚かされる。

「行くぞ」

紫明が瑠璃子にそう声をかけた直後、屋敷の前に戻っていた。

「誰かいるか？」

「はっ」

瑠璃子を抱いたまま紫明が声をあげると、ふたりの男がどこからともなく現れて片膝をつく。

「これから俺がいいと言うまで、千夜と銀次以外は通すな」

「御意」

ふたりはあっという間に走り去った。

「瑠璃子」

たった今、鋭い声で指示を出したばかりの紫明は、別人のような優しい表情で瑠璃子の名を呼ぶ。

「怖い思いをさせてしまってすまない」

紫明が謝る必要はない。瑠璃子が約束を忘れて手を放し、あの子のもとに駆け寄ってしまったのが悪いのだから。

「……ご、ごめんなさい」

あのときは男の子を助けたい一心だった。まさかあんな短時間離れただけで、大事になるとは思っていなかった。認識が甘かったのだ。

「大丈夫だ。部屋に行こう。しっかりつかまってて」

紫明は瑠璃子を下ろすつもりはないらしい。ただ、いまだ足がガクガク震えているため、その言葉に甘えた。

「おかえりなさいま……」

すぐさま和が玄関に出てきたものの、頬を涙で濡らした瑠璃子を見て口をつぐむ。

「部屋は暖めてあるか？」

「はい」

「廊下にお茶を置いておいてくれ」

部屋の中には入るなと暗に申しつけているのだ。

「承知しました。すぐに」

紫明の意図を理解したらしい和は、瑠璃子の涙についてはなにも触れずに奥に入っていった。

火鉢のおかげで暖かい紫明の部屋に戻ると、ようやくまともに息が吸える。

紫明は火鉢の近くにあぐらをかき、瑠璃子をその上にのせて背中から抱きしめた。

「少し冷えたな」

そして瑠璃子の冷たい手を両手で包み込む。

「紫明さま……」

「あとは俺がすべて対処する。あの坊主を心配してくれてありがとう。瑠璃子がしたことは、なにひとつ間違っていない」

どうして紫明はこれほど優しいのだろう。約束を破ったのだから、叱ればいい。せっかくのほのぼのとした街の日常を壊したのだから、もっと責めればいいのに。

ただあのときは、目の前で転んだ男の子を放っておけなかった。

「蛇神がこの地を襲ったのは、ずっと昔の話だ。俺はもちろん父や母も知らない。ただ相当数のあやかしが命を落とし、そのときの話は脈々と受け継がれている」

瑠璃子の頬に後悔の涙が流れたのに気づいた紫明は、それをそっと拭いながら続ける。

「怒りの感情というものは、ときに大きな反発力になる。その反発力のおかげで鬼一族も、ほかのあやかしたちも力をつけてきたのだから、必ずしも悪いとは言えないが……」

紫明は小さなため息をつき、瑠璃子を強く抱きしめた。

「瑠璃子はそもそも蛇神ではない。たまたま蛇神を宿しただけ。だが、蛇神の気配を感じたら皆の目の色が変わるのも現実だ。もう滅びたとされていた蛇神が目の前に現れたとなれば、戦々恐々としても仕方がない。街のあやかしたちは決して悪い者ではないのだ。俺が守りきれなかったのが悪い」

心根の優しい紫明は、街のあやかしたちもかばう。

それについては瑠璃子も納得している。平穏な幽世がまた蛇神に荒らされると思えば、阻止しなければと考えるのが普通だ。

「街の方々も、紫明さまも悪くなどございません。私が街に行きたがったり、約束を守れなかったりしたのがいけないんです」

そもそも、この屋敷にこもっていればよかったのだ。誘ったのは紫明ではあるが、それも暇そうにしていた瑠璃子を喜ばせようと思ってのこと。

「瑠璃子」

感情を吐露（とろ）すると、紫明は瑠璃子を抱き上げて自分と向き合わせた。そして優しく微笑んでから話し始める。

「言っただろ。俺は瑠璃子をこの屋敷に閉じ込めておくつもりはない。お前が笑って過ごせるようにしたいんだ。それなのにこんなふうに泣かせて……夫失格だな」

「違います」

「違わない。俺は街の者たちの蛇神への強い憎しみを知っていた。だから、瑠璃子が蛇神を宿していることを隠しておけるなら隠し通そうと考えていた。それがよくなかった」

紫明は蛇神が瑠璃子の体から出てこないように監視するために、婚姻という選択をしたはずだ。それを明かして理解してもらえばよかったのだろうか。いや、とても理解を得られないと感じていたから、隠そうとしたのだろう。

千夜があからさまに敵対心をむき出しにするのは、彼の祖先も蛇神のせいで命を落としているからかもしれない。

ようやく相良家から逃れられたのに、どこに行っても自分は邪魔なのだなと考えてしまい、眉間に深いしわが寄る。

「瑠璃子、頼む。余計なことは考えないでくれ。街は必ず俺が対処する。だから、もう泣くな」

困った顔をする紫明は、瑠璃子の頬に流れる涙をそっと拭う。

「紫明さま……」

「どうした、瑠璃子？」

「今だけでいいんです。強く……強く抱きしめてください」

恐怖や混乱、そして絶望が頭の中で渦巻き、弱気になる。紫明の腕の中で温めてほしくてたまらない。

「もちろんだ。だが、今だけで済むと思うな。お前が嫌だと言っても抱きしめる」

紫明はそんな言葉をかけながら、瑠璃子を腕の中に閉じ込めた。


泣きつかれた瑠璃子は、紫明に抱かれたまま眠ってしまったようだ。気がついたときには布団に寝かされており、紫明の姿はなかった。

すでに西日が差し込む時間になっていて、慌てて跳ね起きる。

姿見に映ったのは、赤く充血した目。しかし、紫明が慰めてくれなければ、まだ泣いていたはずだ。

枕元に用意されていたお茶を口にすると、喉を伝って胃に落ちていくのがわかる。

――生きている。私は生きている。

大失態をしてしまった。そして、自分はあぶれ者なのだと改めて認識した。

けれども、冷たい川に身を投げようとしたときに抱いた、死への衝動はない。むしろ、紫明の妻としてどうしたらうまく立ち回れるのかを考えている。

幽世という不思議な場所に来てまだ日が浅いのに、瑠璃子は生きたいという気持ちを取り戻していた。それも、優しい紫明と楽しい侍女たちのおかげだ。

失敗したのだから、挽回しなくてはならない。しかし、街のあの状況を瑠璃子にどうにかできるわけではなく、紫明を頼るしかない。

とにかく紫明にもう一度謝罪し、これからのことを改めてお願いしよう。

そう考えた瑠璃子は、解かれていた髪をひとつにまとめてから廊下に出る。ひとつ目の角を曲がると、向かいから千夜が歩いてくるのが見えて足が止まった。

瑠璃子の中の蛇神に気づかれたとき、紫明は『ならん！』と千夜を止めた。彼が起こした旋風に威力があるのであれば、襲ってきた男は大変なけがをしたかもしれない。

千夜の視線が冷たく感じられて、鼓動が速まっていく。とはいえ、約束を破ったのは自分だ。しっかり謝るべきだと思った瑠璃子は、再び足を進めて千夜の前まで行った。

「先ほどは申し訳ありませんでした」

そして深く腰を折る。

「もしも紫明さまに危険が及ぶことがあれば、迷わずあなたを亡き者にする」

頭を下げたままの瑠璃子の耳に届いたのは、背筋が凍りそうな冷酷な言葉。そう言われても仕方がないと思おうとしたが、動揺は隠せない。

それから千夜が瑠璃子の前から立ち去るまで、顔を上げられなかった。

心をえぐるような言葉が痛い。でも、美月から浴びた理不尽な発言の数々とは違う。自分に非があるのは明らかだ。受け止めなければならない。

千夜は主である紫明が大切なのだ。命をかけてでも守るはず。非情にも聞こえるけれど、当然の言い渡しだった。

瑠璃子は必死に自分の気持ちを落ち着けようとする。

やはり、紫明の妻としては失格なのだろう。紫明、そして瑠璃子の双方に利点があって選んだ契約結婚ではあったけれど、どう考えても紫明に迷惑をかけている。

婚姻を解消して現世に戻れば……と頭をよぎったけれど、瑠璃子は自分で蛇神を制御できない。蛇神が暴れだして幽世を荒らし始めたら本末転倒。やはり、紫明のそばにいるしかない。

「頑張れ、私」

現世に帰ることができないのだから、ここで生きていくしかないのだ。

紫明にこれ以上迷惑をかけないようにしなくては。自分をどん底から救い上げ、優しさで包み込んでくれる彼の負担にはなりたくない。

瑠璃子は気持ちを切り替えて、廊下の先へと急いだ。

◇◇◇

街に赴いてから二日。瑠璃子の元気がない。もちろんあの騒動のせいだ。

話しかけると笑顔を見せるくせして、時折物思いにふけっている彼女が紫明は心配でたまらない、
いきなり幽世に連れてきたものの、瑠璃子はそれなりに楽しんでいるように見えた。それも、あのかしましい三人娘のおかげだ。

そもそもこの屋敷には紫明と千夜、そして食事の準備をしたり掃除をしたりする、鬼の仲間の花がいただけ。少人数で暮らしていたのは、間者（かんじゃ）が紛れ込んでは困るからだ。

瑠璃子が十八になったら迎えに行くと決めていた紫明は、彼女の身の回りの世話をする者や話し相手が欲しいと考え、花に信頼できる者をふたり紹介してもらった。そ

れが、口が回る和と芳。それまで物静かだと思っていた花も途端に元気になり、屋敷がにぎわいだした。

千夜はうるさいと感じているようだが、瑠璃子が三人を友のように慕い、弾けた笑みを見せるようになったため、ふたりを新たに迎えたのは間違いではなかったと思っている。

現世では蛇のあざのせいで、友と呼べる存在がいなかった瑠璃子。青春を取り戻すとまではいかなくても、笑顔で過ごせる場所を提供したい。

街での騒動について、紫明は銀次を屋敷に呼んで相談することにした。

右腕として働いてくれる千夜は優秀なあやかしだが、育ってきた環境もあってかどこか冷めている。

紫明への忠誠心が大きいがために、あのときも、鎌で襲いかかってきた男を殺そうとした。おそらく瑠璃子は気づいていないが、男を止めようとしたのではなく、〝殺そうとした〟のだ。千夜が放ったあの旋風を至近距離で浴びれば、首くらい簡単に飛ぶ。銀次もそれがわかっているから止めたのだ。

千夜の行為が主である自分への忠義からのものだとわかっていても、街のあやかしたちの平穏を保つのが一番の大仕事である紫明は、看過(かんか)できない。

幽世には、四つの国がある。かつてこの北の国が蛇神に襲われたように、それぞれの国が他国を手中に収めて勢力を増そうとする争いが頻繁に起こっていた時代もあった。しかし、無用な戦いをしてあやかしたちの命を危険にさらしたくない数代前の鬼が音頭を取り、他国と互いに侵略し合わないという契りを結んで、今に至る。

その契りも反故にされない保証はないのだけれど、どの国も争いを避けたいと思う者のほうが多くて、今のところ平穏な生活が送れている。この北の国の街に活気があるのもそのおかげだ。

せっかく他国からの侵害がないのに、内部で争いごとを起こして死者を出したくない。

それに、あの場で千夜が男を殺めていれば、蛇神を宿す瑠璃子への反発心が膨れ上がり、彼女は幽世にいられなくなっていただろう。

しかも千夜は、それを承知だ。彼は紫明さえ守れればそれでいいのだ。

「千夜はやりすぎだ。たしかに紫明に刃が向いたのは問題だが、紫明があのくらいの状況には難なく対処できるとわかっていたはず。しかも、鎌を攻撃して落とせばよかったのに、明らかに男を殺す気だった」

太い腕を組んでため息を漏らす銀次は、苦々しい顔をする。

かまいたちである千夜は風を操るくらいお手のもの。大鎌の柄を狙うことなんて造作もないはず。それなのに、間違いなく男の心臓あたりに狙いを定めていた。

「お前が来てくれて助かった。あの男から瑠璃子を守るのは難しくなかったが、男の背後からの攻撃を俺が止めるのは困難だった」

紫明は幼い頃から鍛錬を積んでいるので、〝気〟を自由自在に操れる。相手に触れずに倒せるのは、気を使って攻撃しているからだ。

そもそも鬼は幽世いちの怪力の持ち主だし、そこそこ俊敏だ。瑠璃子を鎌で襲おうとした男を止めるくらいなら、刀や気を用いる必要すらなく素手で十分だった。

ただ、千夜と紫明の間に男がいたため千夜の行為を止めるのは難しく、銀次に助けられた形だ。

「そうだな。千夜も力のあるあやかしだ。俺かお前くらいでないと止められない。あいつの気持ちはわからないではないが、融通が利かないのも考えものだ。あの男が万が一死んでいたら、瑠璃子さまがどうなっていたか」

どうやら銀次も紫明と同じ考えのようだ。

「あの場は力づくで抑えたが、多くの者が蛇神の気配を感じたはずだぞ。どうするんだ?」

「どうするのが瑠璃子にとって一番いいのか、少し考えさせてくれ」

紫明がそう答えると、銀次はふっと口元を緩める。

「本当に大切なんだな」

銀次にそう言われて妙に気恥ずかしくなった紫明は、プイッと顔をそむける。

「瑠璃子さまは、あれから元気にされているか？」

「いや……」

紫明は首を横に振る。

「この屋敷に閉じ込めておくのもかわいそうだと思って街に連れていったが、行くべきではなかったんだろうか。転んだ坊主を助けなければと飛び出していったのは、優しい瑠璃子らしくて……」

本来ならば微笑ましい光景なのに、と紫明は思う。

「とがめられるどころか、褒められるべき行為だ。それなのに瑠璃子は苦しんでいる。空を見上げて物思いにふけっている時間が長くなったし、声をかければ笑顔は見せるが引きつっているんだ」

紫明がこうして本音を漏らせるのは銀次だけ。

「そう、か。屋敷に閉じ込めておいてはかわいそうだというのはわかる。瑠璃子さまは俺たちの救世主のような存在なのに、現世では苦しい思いをしてきただろうしね」

銀次の反応に紫明はうなずく。

「街の者の対処もしなければならないが、瑠璃子さまはお前にしか癒せない」

「わかっている」

そうは言っても、簡単ではない。いっそ、泣き叫んでくれれば慰めようがあるのだが、彼女はつらさを胸の奥に畳み、懸命に笑顔を作っているからだ。

「ひとまず、街のことは俺に任せておけ。それじゃあ、また来る」

「ああ、頼んだ」

銀次は力強い言葉を残して去っていった。

「銀次さん！」

紫明のところを訪ねていたらしい銀次が玄関に向かうところを見つけた瑠璃子は、とっさに呼び止めた。

「先日は申し訳ありませんでした。千夜さんを止めてくださり、ありがとうございました」

そして深々と腰を折る。

「瑠璃子さま。従者にそのようなことはなさらなくてもいいのです」

「いえ。紫明さまもあの男性も、けがをなさらなくてよかった……」

銀次は慌てているが、元はといえば自分の失態が招いた事態なのだ。そのせいでけがを負わせるようなことがあれば、もっと後悔したに違いない。

「瑠璃子さまが危なかったのに、あの男の心配をなさるとは」

顔を上げると、意外なことに銀次は微笑んでいる。銀次も千夜と同じように辟易(へきえき)しているのではないかと緊張していたので、拍子抜けした。

「紫明さまとの約束を忘れて離れた私が悪いのです」

「紫明はそんなふうに思っていませんよ」

銀次の言葉に首を傾げる。

「あの子を助けようとされたこと、優しい瑠璃子さまらしいと褒めていました」

「褒めて？　紫明さまはいたわりの言葉をかけてくださいますが、内心あきれていらっしゃるのかと」

言動には出さないが、そうではないかとビクビクしている。

「いえ、まったく。それどころか、瑠璃子さまから笑顔を奪ってしまったと心配しています」

「そう……でしたか」

心配をかけないように笑っていたつもりだったのに、作り笑いだと気づかれているのだろうか。

どうやら紫明は、銀次には相当心を開いていそうだ。紫明との結婚の事情についても知っているに違いない。

そう考えた瑠璃子は、ずっと胸につかえている質問をぶつけることにした。

「私……幽世という信じられないところに嫁いできたのに、幸せで。私は紫明さまに救われました。私の中の蛇神についてはご存じですよね？」

「……はい」

銀次は、苦しげな表情を浮かべながらうなずく。

「紫明さまは、蛇神を監視しておきたいからと結婚を選ばれましたが、そんなことまでする必要はあったのでしょうか。私と結婚して蛇神の力を取り入れるともおっしゃっていましたが、それだって……」

そもそも紫明は身体能力も高く頭脳明晰のようだし、口づけのおかげで力が増しているようにも見えない。

「紫明がそう言ったんですか？」

「違うんですか？」

「いえ……」

銀次はなぜか言葉を濁す。

「私が必要だったというのが信じられないんです。蛇神がこの北の国のあやかしたちにとって脅威となるのであれば、私もろとも……」

瑠璃子はそこで止め、呼吸を整えてから続ける。

「殺してしまえばよかったのではありませんか？」

覚悟して尋ねたのに、声が震えた。

瑠璃子の中の蛇神の力が紫明に必要だとはどうしても思えないし、蛇神が暴走しないように瑠璃子の体に閉じ込めておきたいのなら、牢にでもつないで監視しておけばいいのではないかと考えた。でも、もっと手っ取り早い方法があることに気づいてしまったのだ。それが千夜が口にした〝別の方法〟であり、自分を殺めることだったのではないかと。

けれど、紫明は優しくしてくれる。それに現世で命を断とうとした自分に手を差し伸べてくれた。その矛盾した行動が理解できないでいる。

ハッとした銀次は、黙り込む。その沈黙が怖くて、呼吸が乱れた。

しばらくして銀次が周囲に視線を送ったのは、誰もいないことを確認したのだろう。

ということは、おそらく肯定の返事が来る。

そんなことに気づいてしまう自分が、瑠璃子はうらめしかった。

「正直に申し上げます。……その通りです」

ショックで頭が真っ白になる。

「ですが、紫明は瑠璃子さまが幼い頃から、何度も現世に足を運んで見守っていました」

「えっ？」

「瑠璃子さまの中の蛇神が暴走しそうになるたびに抑えられたのは、紫明が近くにいたからです」

たしかに美月を殺めようとしたあのとき以前にも、『あざを消してやる』というような言葉を投げつけられるたびに、自分のものとは違うすさまじい怒りとともに左肩が熱くなることがあった。けれど、しばらくするとそれがすとんと落ち着いたのを覚えている。あれは、紫明のおかげだったのか。

「無論、頭として君臨する者は幽世も守らなければなりませんから四六時中張り付いているわけにもいかず、瑠璃子さまに従者を付き添わせました。そして異変があると聞けば、なにを放ってでも駆けつけた」

「そう、でしたか……」

京極の父の死についても『守りきれなくてすまない』と謝られたが、そのときもそうだったのだろう。瑠璃子はまだ三カ月だったという。蛇神の暴走を止める力などあるはずもなく、紫明や彼の父が駆けつけるまでの時間を稼げなかったに違いない。

しかしやはり不思議だった。殺さずになぜそんな手間のかかることをしていたのかと。

「あやかしが持つ気は少々強く、しかも幽世は見渡す限りあやかしだらけです。未完成な人間が足を踏み入れると、苦しくてたまらないはず。紫明は瑠璃子さまを早くこちらに連れてきたくてうずうずしていましたが、瑠璃子さまがそれに耐えられるだろう十八を迎えるまで待ったのです」

だから紫明は誕生日に姿を現したのだと腑に落ちた。いきなり『俺の嫁になれ』と求婚されておかしな人だと警戒したけれど、まさかその日を待ちわびていたとは驚きしかない。

「私たちあやかしは、現世においてあやかしに関することには手出しできても、人間同士の争いに触れるのはご法度。それは我々が圧倒的な力を誇るからです。あやかしが人間に手出しをすれば、現世はあっという間にあやかしに支配されることでしょう」

それは、街での紫明や千夜の様子を見ていたらわかる。彼らがその気になれば、人間なんて滅びてしまう。

「幽世は人間のおかげで発展してきた面もある。現世を守るため幽世の四国の間で、現世に行くことに制限は加えない代わりに、人間同士の問題には決して首を突っ込んではならないという点で合意しています。もめごとを起こした人間の双方に、それぞれ別の国のあやかしが関与するような事態になれば、あやかし同士の戦いになります。それでは、せっかく保たれている均衡が崩れてしまう」

そうした懸念は理解できる。人間同士の争いに見せかけて、別の国をつぶすための争いを仕掛けるようなこともできるかもしれない。

「相良家の暴挙を止めることなど造作もなかったのですが、頭として君臨する紫明がその約束を破るわけにはいかなかった。だから蛇神の暴走を抑えることに徹して、でも家族や周囲の者から瑠璃子さまを助けられないことに、ずっとやきもきしていました」

誕生日のあの日は、美月に手をかけそうなほどに蛇神が暴走していたから手出しをしても許されたのだろう。

「紫明さまはずっと気遣ってくださっていたのですね」

瑠璃子がつぶやくと、銀次はうなずいて続ける。

「妹に対しては特に強い憤りを持っていました。それこそ殺めてしまいたいほどに。でも、制裁を加えることはできなかった。妹を退学に追い込んだのも、本来してはならないことでした。しかし……」

銀次はそこで言葉を止め、なにかを言い淀む。

「どんなことでも構いません。教えてください」

瑠璃子は懇願した。聞けば傷つくことなのだろうと察してはいたけれど、今さらだ。それより、真実が知りたい。

「……紫明は瑠璃子さまをこちらに連れてきたあと、千夜に相良家の様子を探らせました。そうしたら、妹が瑠璃子さまの死を願うような言葉を口にしていたらしく……」

　銀次は顔をゆがめるけれど、瑠璃子は驚くほど冷静だった。心のどこかで、そうだろうなというような予感があったからだ。美月だけでなく両親も、瑠璃子さえいなければこの家は平和なのにと日々思っていたのを知っていた。

　紫明とともに相良家に赴いたとき、父は『どこの誰だかわからない男に、嫁がせるわけには……』と瑠璃子を心配しているような口ぶりだったが、あれは完全に表向きのよき父親の顔。内心、お荷物が片づくと清々していたはずだ。

「さすがに紫明の堪忍袋の緒が切れました。それで、罪をとがめられること覚悟で、禁を犯して妹に制裁を加えたのです。その結果、両親も追いつめられると計算してのことでした。紫明が約束を破ったのは、あとにも先にもあのときだけ」

「紫明さまは、なにか罰をお受けになるのですか？」

　焦った瑠璃子は、身を乗り出して尋ねる。

　頭としてみずからが手本とならなければと行動していただろう紫明に、自分のことで誓いを破らせてしまったとしたら、責任重大だ。

「紫明は他国に自分の非を認めて謝罪しました。責任を取って北の国の頭を降りるとまで言いだした」

「そんな……」

「ところが、紫明ほど求心力のあるあやかしは、ほかにはいない。北の国どころか、幽世をまとめるような立場にいるのです。だから、紫明を失ってはまた混乱のときが訪れるのではないかと、他国が慌てた」

紫明がそれほど重要な存在のあやかしだとは知らず、瑠璃子はひどく驚いた。

「今回は人間同士のもめごとではあったものの、紫明はたまたま人間だった妻を守っただけだと、不問に付すという結論になりました。ただ、少々無理やり納得させたところもありますので、もう二度と危ない橋は渡らないように紫明には強く進言しておきましたが」

紫明の立場を悪くしたかもしれないと思うと申し訳なく、唇を噛みしめる。

「ごめんなさい。私のせいです」

「瑠璃子さまにはなんの非もありませんから、そんな顔はしないでください。幽世の一員として忠告はしましたが、いち個人としては紫明の行動を支持していますし、物足りないくらいです。それに、紫明は後悔などまったくしていませんよ」

銀次はそう語るが、瑠璃子の混乱は深まるばかりだ。

あやかしに関することになら手出しが許されていたのであれば、瑠璃子の中の蛇神の存在に気づいたときに殺してしまえばよかった。その結果、瑠璃子もろとも死んだとしても、致し方ないだろう。そもそも現世と幽世の平穏を保つための約束ごとなのだから、それを乱す可能性のある蛇神を制すためなら、それこそ不問に付されたのではないだろうか。

紫明が瑠璃子ごと蛇神を殺めるのではなく、蛇神の存在を伏せたまま契約結婚をして監視するという手段を選んだ理由がどうしてもわからない。

様々な疑問が湧いて、瑠璃子はしばらく口を利けなかった。

「千夜になにか言われましたか？」

「えっ、千夜、さん？　まさか、そんな……。いえ、なんでも……」

慌てたらその通りだと言っているようなものなのに、突然話が変わったため対応できず、取り乱してしまった。

「瑠璃子さまは嘘が下手なようだ」

ずっと険しい表情をしていた銀次だったが、かすかに口角を上げる。しかしすぐに真顔に戻って話し始めた。

「……紫明の父君がこの地を治めていた頃、千夜たちかまいたちの一族が住む村の近くに突風が起きて、人間を真似て作っていた作物がすべてだめになってしまったことがありました。もともと領地争いが頻繁に起こっていた場所だったのもあり、かまいたちの仕業だという噂が広がり、一族は皆殺しに」

「皆殺し？」

おどろおどろしい言葉に、瑠璃子の顔は引きつる。

「突風は、いわば現世の竜巻のようなものでしたので、かまいたちのせいではありませんでした。しかし昔から続く村同士の対立心が、愚かな過ちを引き起こしてしまった」

銀次は顔に無念をにじませ、小さなため息をつく。

「紫明の父君はすぐさま現地に向かわれましたが、間に合わなかった。そのとき、生き残っていた千夜を見つけたのです。おそらく母がかばったのでしょう。母は千夜を抱いたまま息絶えていたそうです」

悲惨すぎる話に、視界がにじんでくる。

「それから千夜は、この屋敷で育ちました。父君は自分がしっかり気を配れなかったせいで起こった災いだと悔いて、自分の子のようにそれはそれはかわいがられて。紫明も千夜を本当の弟のように思っていました。その恩がある千夜は、紫明を守るためなら命を捨てる覚悟すらあります。ただ、紫明のことしか頭になく、我々も少々扱いに困っていまして。でも、悪い男ではないのです」

きっとその通りだ。紫明への忠誠心が強すぎるだけ。

納得した瑠璃子はうなずいた。

「千夜さんはたしかに冷たいです。正直、顔を合わせるのも怖い。ですが、紫明さまを守ってくれる大切な従者です。彼の信頼を勝ち取れるように私が努力します」

千夜にとって瑠璃子は、大切な主を危険にさらす邪魔者でしかない。けれど、自分がもっとしっかりして紫明の役に立てるようになれば、千夜も認めてくれるのではないかと思った。

素直な感情を吐き出すと、銀次は目を見開いた。

「紫明は、人を見る目を持っているようだ」

どういう意味かわからず首を傾げると、銀次はにっこり笑う。

「そろそろ戻らなければ。それではまた」

会釈をした銀次は、慌ただしく屋敷を出ていった。

千夜の話が強烈すぎて、結局、どうして紫明が自分を殺めないのか聞けなかった。

ただ、銀次があえて核心に触れなかったようにも感じる。

千夜の生い立ちを知り、紫明を守るためならばどんなことでもいとわないという姿勢が納得できた。千夜から浴びせられる言葉は背筋が凍りそうになるほど冷たいけれど、紫明のために躍起になる彼は、義理堅いあやかしなのだ。

「仲良くしなくちゃ……」

怖いから遠ざかるのではなく、自分から歩み寄って理解してもらいたい。

そんなふうに考えた瑠璃子は、また千夜や侍女に食事を作って、街の騒動で迷惑や心配をかけたお詫びをしようと考えた。


その日の夕げは全員そろいそうだと知った瑠璃子は、台所に向かった。

街での出来事はすでに侍女たちの耳にも入っており、彼女たちの敵でもある蛇神を体に宿す瑠璃子は、もう受け入れてもらえないと覚悟していた。

それなのに彼女たちは、『瑠璃子さまは瑠璃子さまです』『好きで蛇神を飼っているわけではないんですよね？』『おつらい思いをされましたね』と口をそろえ、あっさりそばにいることを許してくれた。

それもおそらく、瑠璃子が部屋でふさいでいるうちに、紫明が説得してくれたような気がしている。

とはいえ、恐ろしいはずなのに、すんなり説得に応じて今まで通り接してもらえるのがありがたくてたまらない。

今日はそんな彼女たちへの感謝も込めて料理を始めた。

大量に炊いた炊き込みご飯は少し焦げができたが、それがまた香ばしくて侍女たちが盛んにつまみ食いをしていた。

「こんなご飯、初めてです。人間はいろいろおいしいものを知ってるんですね」

広間に運んでいる途中で、芳が感心したように言う。人間の生活様式のよいところを取り入れているという幽世だが、なにもかも知っているわけではなさそうだ。

「気に入ってもらえてよかった。……あっ」

丁度そのとき、千夜を伴った紫明が広間に入っていくところが見えた。瑠璃子が声をかけても来ないと思ったので、紫明に頼んで千夜を連れてきてもらったのだ。

「瑠璃子さまは、千夜さまが怖くはないのですか？」

和が不思議そうに尋ねる。

「怖いわよ。でも仲良くなりたいの」

「は？」

間が抜けた声を出して瞬きを繰り返す花は、信じられないようだ。

「お腹が空いたわよね。準備しましょう」

瑠璃子は侍女たちを促して広間に行き、大きな座卓に料理を並べた。

料理に手をつける前に、瑠璃子は切り出した。隣に座る紫明は驚いた様子だったが、すぐに笑みを浮かべる。彼はいつもこうして見守ってくれるのだ。

「お話があります」

「街での騒動は、私の失態です。申し訳ありませんでした。そのあともずっと落ち込んでいて、ご心配をおかけしました。今日はそのお詫びです。どうぞ召し上がってください」

　頭を下げると、紫明がそっと腰を抱いてくれる。

「瑠璃子は優しかっただけだ。皆もわかっているだろう？」

　紫明が問うと、侍女たちは「はい」と声をそろえる。ただし、千夜は顔色ひとつ変えず、なにを考えているのかわからなかった。

「あの件に関しては、俺の考えが甘かったのだ。瑠璃子のせいではない。しかし、皆に心配をかけてすまない」

　紫明まで謝るので瑠璃子は驚いた。けれど、夫として妻をかばってくれているようで、とても幸せだ。

「さて、もう我慢の限界なんだが」

　紫明が料理の匂いを嗅いで言えば、花も笑顔でうなずいて口を開く。

「今日はほとんど瑠璃子さまが作ってくださったんです。このご飯、最高においしいですから」

「それを知っているということは、つまみ食いしたな」

「あ……。味見です」

　紫明に指摘されて小声になる花を、和と芳が笑う。しかし千夜は相変わらず表情に乏しく、瑠璃子が視線を送ると気づきはしたが、そらされてしまった。

まだこれからだ。

ひるみそうになったものの、千夜は苦しい過去を乗り越えてきたのだ。焦らず理解を深めなければ。

そう思った瑠璃子は、みそ汁に手を伸ばした。

運命の糸でつながる愛

紫明に抱きしめられながら眠るのは、もう日課となった。目の前に彼の形のいい唇があるのは面映ゆく、間違いなく頬が赤く染まっている自信がある。しかし、その腕の中は心地よすぎて離れられなくなっている。

騒動から十二日目の朝。眠っていた瑠璃子が額になにかを感じてうっすらと目を開けると、紫明が離れていくところだった。

あの感覚は唇だ。額に口づけをされたのだ。

「すまない、起こしたか？　寝顔がかわいくて、つい」

「か、かわいいだなんて」

そんなふうに言ってくれるのは紫明だけだ。

「ははは。首筋まで赤く染まったぞ」

紫明は笑いながら、瑠璃子の首筋をそっと撫でる。その瞬間、甘い疼きが広がった。

「今日は少々遠くまで行かなくてはならないから、もう出るよ」

「も、申し訳ありません。寝過ごしました」

食事の支度もしていない。慌てて跳ね起きると、紫明はくすりと笑う。

「お前は……俺を生殺しにするつもりか」

「は？」

「その……見えている」

「あっ！」

はだけた浴衣の胸元を紫明に直されて、慌てて押さえた。

「離れるから、多めに気を送っておきたい」

「は、はい」

胸の谷間を見られたあとで、なんとも気まずい。しかし、紫明から気をもらっておくと一日安心して過ごせるのだから欠かせない。

「おいで」

手を差し伸ばされて手を重ねると、グイッと強い力で引き寄せられてたちまち唇が重なった。

毎朝の行為ではあるけれど、いまだに緊張して硬直してしまう。しかしそれもつかの間で、唇を貪られているうちに体がとろとろに溶けてしまいそうになる。

「はっ」

いつもより長めの接吻が苦しくて、唇が離れた瞬間大きく息を吸った。すると、おかしそうに笑う紫明は、瑠璃子の額に額を合わせる。

「いつまで経っても不器用だな」

「だって……」

「だが、その不器用さ、嫌いじゃない」

「あの……。私のあざが小さくなっているのは事実ですが、紫明さまは蛇神の力を本当に吸収していらっしゃるんですか？」

おかしそうに微笑む紫明に、思いきって尋ねた。すると紫明は、一瞬の間のあとうなずく。

「もちろんだ。日に日に力が増している。さて、いい子で待ってて」

蠱惑的な声でささやく紫明は、もう一度軽く唇を重ねてから名残惜しそうに出ていった。

瑠璃子の鼓動は、部屋の外まで響いてしまうのではないかと心配するほどうるさい。

これが蛇神を封印しておくために必要な行為だとわかっていても、甘い口づけに勘違いしてしまいそうになるのだ。

——勘違い？　なんの？

瑠璃子はハッとする。

そして気がついてしまった。契約上の夫である紫明に恋をしてしまったのだと。

同時に胸の痛みにも襲われた。紫明は瑠璃子の中に宿る蛇神にしか興味がないのだ。

こうして優しい口づけをしてくれるのも、蛇神の暴走を防ぐとともに、その蛇神の力を利用して自身をさらに強くするため。

それに……きっと瑠璃子を殺めないのは、紫明が優しい鬼だからだ。千夜たちかまいたち一族の悲惨な最期を知っている彼は、幽世から争いをなくし無駄な命が失われないように努めている。そんな彼が、たとえ人間であろうとも命を奪うような行為に手を染めたくないに違いない。

銀次からはっきり殺めない理由を聞けなかった瑠璃子は、そう考えるようになっている。

自分たちは偽りの夫婦なのだ。侍女たちは『本当に仲がいいですね』と持ち上げてくれるが、それも紫明の演技でしかない。

けれど……。

「どうして？」

瑠璃子の中の蛇神の存在を伏せておきたかったので、この婚姻がただの契約であることを隠してきたはずだ。しかし先の騒動で明るみになってしまったのだから、蛇神を監視するための結婚だと侍女たちに明かしてしまえばいいのに、紫明はそれをしようとしない。それどころか以前にも増して、瑠璃子を甘やかす。

それがどうしてかわからないけれど、温かく接してもらえるのはうれしい。それに、紫明への恋心を自覚した今、一日でも長く夫婦でいたい。

瑠璃子の中の蛇神を消す方法が見つかり、十分に蛇神の力を吸い取ってしまえば、離縁を申し渡される可能性が高い。蛇神さえいなくなってくれれば、相良家の呪縛から逃れられた今、現世に戻って細々と暮らしていけないわけではないだろう。当然紫明は、好きでもない女を妻として置いておく必要がなくなる。

いつかふたりを結ぶ糸があっけなくプツンと切れてしまうのだと思うと、胸をわしづかみにされたような痛みを感じる。

「紫明、さま……」

けれど、その日が来るまでは、紫明を好きでいてもいいだろうか。優しい口づけに溺れていても許されるだろうか……。

「瑠璃子さま」

廊下の向こうから銀次の声がして、慌てて出ていく。

「こんにちは」

紫明は少し遠くまで行くと話していたけれど、銀次を伴わなかったようだ。千夜の姿がないのでおそらく彼と一緒で、銀次は護衛のためにここに残してくれたのかもしれない。

「顔色がよくなってきましたね。ずっとこもっていると気分が沈みます。少し外に出ませんか？　ああ、もちろん紫明には許可を取ってあります」

意外なことを言われて驚いたものの、うなずいた。紫明が銀次に頼んだのではないかと思ったからだ。

「でも私、この敷地から出るときは紫明さまに触れていないと、また騒動になってしまいます」

もう二度と、あんな騒動は起こしたくない。

「街まで下りるわけではありませんからご安心を。外の空気を吸うだけですよ」

それならばと、瑠璃子は承諾した。

ふたりで玄関を出るとき、花が通りかかった。

「瑠璃子さま、どちらに？」

「気分転換にすぐそこまで」

銀次が瑠璃子の代わりに答えると、花は笑顔になる。

「それはよろしいですわ。ごゆっくり」

わざわざ見送ってくれた花に手を振り、屋敷をあとにした。

銀次が向かったのは、街とは反対方向。屋敷の裏手だ。

「どちらに？」

「屋敷は景色がいいでしょう？　でも、もっと見晴らしがいい場所があるんです」

坂道をずんずん上っていく銀次は、瑠璃子がついてきているか時折振り返って確認してくれる。やがてたどり着いたのは、大きな岩のある高台だ。

「すごい……」

屋敷の窓からも街を一望できるが、ここからはさらに遠くまで見渡せた。

「南のほうは現世でいえば田園地帯です。一度米の味を覚えたら、すさまじい勢いで稲作が広がり、今ではかなりの量を生産しています。ただ、人間が作る米の味にはまだ至らないのですが」

「幽世のお米もおいしいですよ」

少しパサつきはあるものの、甘みは感じられるし、十分だ。

「気に入っていただけてうれしいです」

銀次はそう口にしたものの、なぜか表情が冷たい。まるで千夜のような仏頂面で視線は鋭く尖っており、嫌な予感がする。

銀次は人当たりがよく、紫明と同じように話しやすいという印象だったが、あれは仮の姿だったのだろうか。優しい笑みを向けてくれたのも、紫明の屋敷だったから？

本当は千夜と同じように自分が邪魔なのかもしれない。

背筋に冷たいものが走り一歩あとずさったとき、銀次の肩越しに女性の姿が見えた。

「あ……」

あれはたしか、祝言のときに挨拶をした銀次の妹の橙羽だ。

香色（こういろ）の地に花唐草文（はなからくさもん）が配された着物を纏い、黒い帯をキリッと締めている彼女は、長い髪を紅色の玉かんざしでまとめている。唇に差した赤い紅がよく似合っており、とても美人だ。

ただ、その着物やかんざしを見て息が止まった。街に下りたときに、紫明が瑠璃子に買ってくれたものだったからだ。

あの騒動でどうなってしまったのかわからなかったけれど、千夜に預けたはずの着物をなぜ彼女が纏っているのだろう。

「ありがとう。もういいわ。これ」

橙羽は着物の袂からなにやら袋を取り出して、銀次に渡す。兄に対する話し方ではないような気がして不思議に思っていると、銀次が別の男に変化したので、ひどく驚いた。

「まいどあり。またよろしく」

男は橙羽からその袋を受け取り、足早に去っていく。受け取ったときに金属音がしたので、幽世の通貨かもしれない。街で紫明が小判のような金色の通貨を使っていたのを思い出した。

「なに驚いた顔してるの？　あの男は妖狐。化けるのが得意でね」

「どうして、銀次さんに？」

「あの騒動のあと、ここに入るのが大変になったのを知らないの？　これまでは許可を取れば紫明さまのところに来られたのに、今や出入りできるのは、護衛以外は兄と千夜さんだけ」

とはいえ兄妹なのだから、お金で妖狐を雇わなくても銀次と一緒なら入れてもらえたのではないだろうか。だからここにいるのだろうし。なぜ、こんなに手の込んだことをしたのか不思議でたまらなかった。

それにしても、橙羽がなにをしに来たのかわからない。祝言のときの冷たい物言いを思い出した瑠璃子の鼓動は、緊張で速まり始める。

「あなた、随分おめでたいのね。あの騒動で紫明さまの信用はがた落ちよ。蛇神を妻に娶ったと街は大騒ぎ。裏切り者扱いされているのをご存じないの？」

「裏切り者？」

瑠璃子は目を瞠った。紫明にそんな素振りはまったくないからだ。

自分のせいで紫明が罵倒されているのだとしたら、どうしたらいいのだろう。

「私は、幼い頃から兄と一緒によくこの屋敷に来て、紫明さまに遊んでもらったの。本当にお優しくて、かわいがってくださったわ。紫明さまのことは、あなたより私のほうがずっとよく知っているの」

橙羽は余裕の表情で言い放つ。

「兄はこの北の国、ううん幽世で紫明さまに次いで力のあるあやかしだと言われてる。紫明さまが積極的に幽世を変えていき、兄がその過程で発生する争いごとを収めるという構図になっているの」

紫明が銀次を重用しているのは伝わってくるが、彼らは表裏一体なのかもしれない。互いを信頼し合い、同じ目的に向かって走っている。

「兄に対するほかのあやかしたちの評価も高いのよ。だから紫明さまの花嫁になるのは、その妹の私だと誰もが思っていたし、もちろん私もそうだと」

橙羽は紫明が好きなのだ。

それに気づいた瑠璃子は、自分に向けられる刺々しい言葉の理由がわかった。

かといって、なんと言ったらいいのかわからない。そもそも紫明との婚姻はただの契約だし、紫明の心の中には橙羽がいるのかもしれないからだ。

責任感の強い紫明は、幽世を守るために仕方なく瑠璃子を妻としてそばに置いただけ。本当は橙羽と結ばれたかったとしてもおかしくはない。

「この着物やかんざしね、私の好きな色ばかりなの。きっと紫明さまは私のことを想いながら買い物をされたのよ」

「そんな……」

紫明はそんな思慮の浅い夫ではない。

そう思おうとしたけれど、動揺で頭が真っ白になる。そんな瑠璃子を見て、橙羽は鼻で笑った。

「妖狐の気配すら察することができないし、蛇神という忌々しいものまで宿して。紫明さまがお優しい方だからって、その優しさにつけ込んでぬくぬくと生きているあなたの神経を疑うわ」

「あの……」

瑠璃子は口を開いたが、言葉が続かなかった。その通りだと思ってしまったからだ。あの騒動のときも、紫明は『瑠璃子は優しかっただけだ』とかばってくれたが、彼の優しさを隠れ蓑(みの)にして責任逃れをしている。そのせいで、紫明が苦しんでいるとも知らず、能天気なものだ。

「邪魔者だと早く気がつきなさいよ」

橙羽の言葉に凍りつく。

「ずっと昔に、この岩から足を滑らせて亡くなったあやかしがいたそうよ。事故だったのか故意だったのかはわからないらしいけど」

「えっ……」

「あなたにここを教えてあげた意味、わかるでしょう?」

含みのある言葉をつぶやき瑠璃子を一瞥(いちべつ)した橙羽は、踵を返して立ち去った。

橙羽の背中が小さくなっていくのを見ながら、彼女が放った言葉を噛みしめる。

橙羽は、ここから飛び降りて死ねと言っているのだろうか。

美月から何度も蔑みの言葉を投げつけられた瑠璃子だが、さすがに命を絶つように促されたのは初めてで、動揺を隠せない。

幽世に来て、優しい旦那さまに嫁ぎ、ようやく自分の居場所ができたと喜んでいた。でも、その喜びが紫明の犠牲の上に成り立っているのだとしたら、自分はとんでもない疫病神だ。

おそらく紫明は、街のあやかしたちからの信頼を得るために並々ならぬ努力を重ねてきたはず。それを一瞬で壊してしまっただけでなく、批判の矢面に立たせるなんて、妻失格だ。

どうしたらいいのだろう。紫明と別れて現世に戻れば、蛇神の暴走を止められなくなる。いや、蛇神もろとも死ねばいい。

「……死にたくない」

けれど、死にたくないという強い気持ちが瑠璃子の中で渦巻いた。

あの風が吹き荒れる川べりで紫明に会ったときは、こんな命はなくなってしまえばいいと思っていたのに。瑠璃子はもう、優しさや大切にしてもらえる喜びを知ってしまったのだ。

街での一件のあと、紫明や侍女たちに支えられてようやく気持ちが落ち着いてきたのに、また闇の中に引き戻されてしまった。

それから橙羽は、銀次と一緒に時々屋敷に顔を出すようになった。今度は妖狐ではなく、本物の銀次だ。紫明が間違うわけがなく、それだけは安心していい。

ただ、橙羽が屋敷を訪ねてくる理由がわからず不安でいっぱいだ。

とはいえ、銀次に不義理を働いてはいけないと帰りの際にお見送りに出ると、橙羽に意味ありげな視線を投げられて尋常ではいられない。もしや、紫明との距離を縮めるためにこうして足しげく通っているのではないかと思ったからだ。

紫明が結婚して一旦は身を引いたものの、瑠璃子が蛇神を宿していることや、街のあやかしたちの反発を見て、やはり紫明の妻は自分だと思ってもおかしくはない。銀次だって、妹が主の嫁となるなら大歓迎のはず。

「またお越しください」

心にもない言葉を口にして微笑む自分が嫌いだ。親切にしてくれた銀次までも、本当は邪魔だと思っているのではないかと疑う自分が。

一旦下げた頭を上げられないでいると、「瑠璃子?」という紫明の優しい声がした。

「どうかしたのか?」

「なんでもありません」

「緊張しているように見えるが、本当か?」

紫明は鋭い。しかし、もちろん口角を上げてうなずく。

失いたくないのだ。この幸せな時間を。

「そうか。なにかあったらすぐに言うんだよ。さて、銀次が和菓子を持ってきてくれた。一緒に食べよう」

紫明に腰を抱かれて歩き始めると、ようやくまともに息ができる。しかし同時に複雑な思いが頭の中を駆け巡った。

紫明は自分が妻で、本当に迷惑ではないのだろうか。彼が大切だからこそ、枷(かせ)にはなりたくない。

「栗をつぶして作った和菓子らしいぞ。現世にもあるんだってな」

「栗きんとんですね。秋はおいしいものがたくさんあるんです」

「そうか。……現世に帰りたいか？」

ふと足を止めた紫明が深刻そうな顔を向けてくるので、心臓がドクンと大きな音を立てる。

紫明が〝帰る〟という言葉を待ちわびているとしたら、悲しくてたまらない。

——帰りたくない。ずっとあなたのそばにいたいのです。

そんな心の叫びを口には出せず、とっさに笑顔を作る。

「いえ。幽世の和菓子もおいしいですから」

ごまかすと、紫明は頬を緩めた。

「職人に瑠璃子がそう話していたと伝えておくよ。喜ぶだろうな」

　紫明はそんなふうに言うが、きっとこれも自分への配慮だ。職人が蛇神の噂を耳にしていたら、存在を歓迎されない者に褒められてもうれしくはないだろうから。

　瑠璃子は紫明への恋を自覚したあのときから、彼への思慕が募るのと並行して罪悪感で苦しみ始めた。好きだからこそ迷惑をかけたくないのだ。

　橙羽の、紫明の優しさにつけ込んでぬくぬくと生きているという発言がずっと耳に残っているのも大きい。

　それに、彼女が纏っていた着物やかんざしが明らかに紫明が購入したものだったのもあり、紫明は自分との別れを模索しながら橙羽との親交を深めているのではないかと考えてしまい、胸が痛くてたまらない。

　紫明が自分を殺めるのをためらっているとしたら、蛇神だけを殺す方法を探しているのかも。

　十分に蛇神の力を自分のものとし、蛇神だけを殺める方法が見つかれば、瑠璃子はもう用なしだ。きっと現世に帰される。そして紫明は、めでたく橙羽と結ばれることになるのだろう。

　紫明や侍女たちの前ではなんとか笑顔でいるものの、部屋でひとりになるとため息ばかりついている。

美月たちに罵られていた頃よりずっといい環境を与えてもらっているのに、これ以上を望むなんて贅沢だ。

何度もそう自分を戒めたけれど、ため息が止まることはなかった。


橙羽が最後に屋敷を訪れてから五日。紫明は朝から街に出かけた。屋敷には千夜を置いていってくれたようだ。

チッチーという鳴き声が聞こえてきて窓を開けると、カワセミが近くの木の枝にとまっていた。翡翠の色のような鮮やかな羽を持つことから〝飛ぶ宝石〟と呼ばれるそうだけれど、これほど間近で見たのは初めてだった。

川や湖沼に生息するはずだが、そういえば銀次に化けた妖狐と屋敷の裏手に向かったとき、近くに渓流があった。さらにその向こうには墓標のようなものも見えたが、あれはなんだったのだろう。

街で騒動を起こしてから、屋敷の外には出なくなった。紫明も誘ってはこない。紫明はここに閉じ込めておくつもりはないと言ってくれたものの、迷惑をかけるくらいなら外には出たくない。いや、出るのが怖い。

「ねぇ。私、ここにいてもいいのかな？」

瑠璃子は誰にも明かせない胸の内を、カワセミに向かってつぶやいた。

紫明は相変わらず優しいし、毎朝の口づけも欠かさない。彼に好意を抱く瑠璃子にとっては至福の時間だけれど、紫明が橙羽を好いているのならつらいだろう。

雨でも降りそうなどんより曇った空は、まるで瑠璃子の心を表しているかのようだ。

チッと短く鳴いたカワセミが飛んでいってしまい、窓を閉めた。冷えた指先に息を吹きかけてこすり合わせたそのとき、廊下に足音が響いた。

街に赴いた紫明が戻ってきたのかもしれないと思ったけれど、違う。紫明はもっとどっしりとした歩き方だ。千夜とも違うようだが、これは一体誰だろう。

通り過ぎると思いきや、足音は部屋の前でピタッと止まる。不穏な空気を感じて、瑠璃子は緊張で手に汗握った。

微動だにせず障子を見つめていると、やがてそれがすーっと開く。その先にいたのは、橙羽だった。

「瑠璃子さま、お久しぶりです」

橙羽は、指先まで神経を張り巡らせた手をお腹の前で重ね、流れるような動作で腰を折る。今日はあの着物ではなく、深紫の渋い着物姿だ。

口角は上がっているのに目は少しも笑っていない。岩の上で死を促されたときと同じ表情に、瑠璃子の鼓動は勢いを増していく。

今はこの屋敷に入れる者を制限しているはずなのに、銀次の付き添いでもなくどうやって入ってきたのだろう。千夜が通したのだろうか。

「……気が利かなくて申し訳ありません。今、お茶をご用意します」

橙羽と同じ部屋にいるのが息苦しく、お茶を口実に廊下に出ようとした。

「お構いなく。それより、大切なお話があるんです」

ところが橙羽は、有無を言わせぬような強い言い方で瑠璃子を止める。

ひりつくような緊迫した空気が漂い息苦しさを覚えた瑠璃子は、こっそり深呼吸してから橙羽の前に戻った。

「それでは、どうぞお座りください」

座布団を勧めながら作った笑みは、引きつっていなかっただろうか。

緊張のあまりかすかに指先が震えているのに気づいていたものの、必死に平然を装った。

上座に橙羽を促したあと自分は下座に腰を下ろすと、橙羽はほんのり口の端を上げる。この様子をはたから見れば、睦まやかに語り合う友人にでも見えるだろう。しかし橙羽の瞳には瑠璃子に対する憎悪の念が浮かんでいた。

「あなた、かわいい顔して随分したたかなのね。いえ、頭が悪いのかしら？」

悪意のこもった言葉を紡ぐ橙羽は、たおやかな動作で手を口元に持っていき、クスッと笑っている。

「なにが、でしょうか」

「なにがって、自分が紫明さまの重荷だと、いつお気づきになるの？　あの岩から落ちなかったのね。残念だわ」

恐ろしいことを平然と口にする橙羽が信じられず、恐怖で指先が冷えていく。

「お話ししたはずよ。紫明さまは、あなたのせいで街のあやかしたちから暴言を浴び続けているわ。あんなにまとまっていたあやかしたちが、あなたの存在ひとつでおかしくなったの」

紫明は今でも毎日のように街に赴く。なにをしているのか知る由もないけれど、自分のせいで混乱した街を再びまとめようと躍起になっているのかもしれない。

「紫明さまの優しさに甘えるのはやめてくださらない？　憎き蛇神もろとも殺めてしまえばいいのに、紫明さまは優しすぎてご自分を犠牲にする道を選ばれた。あなたさえいなくなれば、街の者からも罵倒されずに済むし、私との婚姻も叶うの」

橙羽は声を荒らげることもなく淡々と言葉を重ねるが、その内容は瑠璃子に死を命じるものだ。

美月のように、いやそれ以上に尖った言葉を吐く橙羽を前に、瑠璃子はひるんだ。

自分はどこにいても、忌々しい存在なのだろうか。つつましく生きようが、どんな努力をしようが、死を望まれるだけの存在なのだろうか。

たまらなく悲しくなった瑠璃子は、瞳が潤んでくるのを感じたものの、泣くのはこらえた。

負けたくない。紫明は、命を断とうとしていた自分を救ってくれたのだ。そして優しく抱きしめてくれた。生きていてもいいと教えてくれた――。

きっと侍女たちも、瑠璃子に死を乞うようなことは絶対にない。

もう美月の前でおびえていただけの自分とは違う。紫明が、生きる喜びを教えてくれたから。侍女たちが、友の温かさを伝えてくれたから。

あの岩の上で、紫明が買った着物を纏った橙羽の話を聞いてから、紫明も自分の死を願っているのではないかと不安でたまらなかった。

でも冷静になると、紫明本人からそんな気持ちを感じたことは一度もない。

今朝だって、優しい接吻をしてくれた。

信じるべきは、橙羽ではなく愛する夫の紫明の言葉だ。

「紫明さまは、私をひとりにしないと約束してくださいました。生きていてもいいと教えてくれたんです。橙羽さんの言葉より、紫明さまを信じます。迷惑がかかっているなら、もっと努力して――」

「あなた、蛇神を宿しているんでしょう？　そんな気持ち悪いものが体の中にいる化け物を、紫明さまが好きになるわけがない。見せてみなさいよ。その醜い体、私が見てあげるわ」

　おもむろに立ち上がった橙羽は、瑠璃子の着物の襟をつかむ。

「やめて！」

「抵抗しても無駄よ」

　橙羽の力はその細い腕からは想像できないほど強かった。紫明たちほどでないにしろ、やはり人間はあやかしには敵わないのだろう。あっさり襟元を開かれ、あざがあらわになった。

「これが噂の……。随分気持ちが悪いものを宿しているのね。紫明さまがこんなものに惑わされているなんて、お気の毒としか言いようがない。あなたさえいなければこの国は平和だったのよ。この疫病神が！　蛇神もろとも、地獄に落ちればいいわ」

　橙羽は捨て台詞を吐き、帯に差してあった懐刀を手にする。

「なにして……」

『殺してやる』

　そのとき、低い男の声が聞こえてきて左肩が熱を帯びだした。それと同時に懐刀を振り上げた橙羽が吹き飛び、壁に打ちつけられる。

　この声は蛇神だ。橙羽の挑発にのせられて怒り狂う蛇神の力が、屋敷に充満している紫明の気だけでは抑えられなくなったのかもしれない。

『死ぬのはお前だ』

自分の体に渦巻き始めた憎悪の念が次第に大きくなっていくのがわかり、瑠璃子は青ざめる。

これは、美月の首に手をかけようとしたときと同じだ。

「出てこないで！」

紫明は自分の婚姻まで犠牲にして、蛇神を封じておこうとしているのだ。絶対に外に出してはならない。歯を食いしばるも、左肩は燃えそうなほど熱くなり、なにかに呑み込まれてしまいそうな苦しさに襲われる。

「嫌……紫明さま！」

瑠璃子は最後の力を振り絞り、紫明の名を叫んだ。

その瞬間、窓が粉々に割れ、なにかが飛び込んできたと思ったら誰かに抱きしめられていた。それと同時に、瑠璃子の体から怒りの感情が抜けていく。

この匂いは、この温もりは……紫明だ。紫明が来てくれたのだ。

彼は瑠璃子の腰を抱き、すぐさま唇を重ねた。すると左肩の疼きが完全に収まった。

「遅くなってすまない。すまない、瑠璃子」

苦々しい顔で謝る紫明は、瑠璃子を危険にさらしたことに罪悪感を抱いている様子だった。けれど、彼のせいではない。

「大丈……。大丈夫。紫明さまが来てくれたか……」

　安堵の涙があふれてきて、うまく話せない。

「瑠璃子さま！」

　ほどなくして今度は障子が開き、千夜と銀次が姿を現した。

　鬼の形相の銀次は、勢いよく部屋に入ってきて呆然と立ち尽くしている橙羽の前に立つと、迷うことなく右手を橙羽の頬に振り下ろした。

　バチンという乾いた音とともに、橙羽が畳に倒れこむ。

「お前はなにを……。恥を知れ！」

　鼻の穴を膨らませ、眉をつり上げる銀次は、いつもとは違う怒りを纏った低い声で橙羽に憤りをぶつける。そしてそのあと、瑠璃子のほうに向きなおり、いきなり正座をした。

「瑠璃子さま。橙羽が――妹が大変申し訳ありません」

　苦しげな表情を浮かべる彼は、畳に額をこすりつける。

「そ、そんな。やめてください」

　銀次はなにも悪くないのに。慌てて銀次の肩を持ち上げたが、もう一度伏せてしまった。

　紫明は橙羽の足元に転がる懐刀に気づいてそれを手にすると、涙を浮かべて震える橙羽の首に剣先を向けて口を開く。

「俺の嫁を殺めようなど、とても看過できぬ」

顔色をなくした紫明が、凄みのある眼光で橙羽をにらんだ。

「ち、違います。あ、殺めようなどとは……。私はただ、蛇神を……」

体を引きずり壁際まであとずさった橙羽は、何度も首を横に振る。

「お前ごときの力で蛇神をどうにかできるとでも思っているのか。勘違いするな。名門不知火の家に生まれようとも、気の鍛錬をしていないお前にできることなどなにもない。それに、お前は以前にも瑠璃子を岩から落とそうとしたらしいな」

「ひぃっ」

激昂する紫明は、懐刀を橙羽の顔の横の壁に突き刺した。

「お前が雇った妖狐がすべて吐いた。誰が俺の嫁にふさわしいだって？　俺の妻は瑠璃子だけだ。お前と婚姻の約束をした覚えなどない」

すべて橙羽の作り話だったとは。

驚く瑠璃子は、放心して瞬きを繰り返す。

「これだけのことをしでかしておいて、ただで済むとは思っていまいな」

紫明は腰に差していた刀を鞘から抜いた。鈍い光を放つそれを見て、緊張が最高潮に達する。

まさか、斬るつもりだろうか。

「そ、そ、それだけは……。命だけ……」

恐怖に震える橙羽は、言葉が続かない。

兄の銀次は無念の表情を浮かべるだけで、紫明を止めようとはしなかった。

この地のいわば頂点に君臨する紫明の妻に刃を向けたのだから、重罪なのはわかる。

でも、紫明に残酷なことはしてほしくない。

瑠璃子はとっさに紫明と橙羽の間に立ちふさがった。

「紫明さま、どうかご勘弁を」

「どきなさい」

「どきません。たしかに傷つきましたし、怖かった。でも、紫明さまを疑った私も悪いのです」

瑠璃子は必死に訴えた。

「瑠璃子はなにも悪くない。街の騒動で苦しんでいるところに、追い打ちをかけられたのだ。俺を疑うのも当然だ」

「いえ。紫明さまは出会ったときからずっとお優しかった。私のことを第一に考えて動いてくださった。それなのに、紫明さまも私が邪魔なのではないかと少しでも考えた自分が恥ずかしい」

死の淵から救ってくれた紫明だけを信じていればよかった。橙羽の言葉で揺らいだ自分が悪い。

「本当に申し訳ありませんでした。私は兄としてどんな罰でも受けます。だからどうか、橙羽の命だけはお助けください。こんな大馬鹿者でも、私の妹なのです」

瑠璃子の発言をきっかけに、銀次が深々と頭を下げる。

一旦は覚悟を決めたように見えた彼も、苦しくてたまらないのだ。家族の一員が目の前で逝くかもしれないのに、平気なわけがない。

銀次の訴えに紫明はしばらく黙り込む。瑠璃子は紫明を見つめ、寛大な処分が下るのだけを信じていた。

「……瑠璃子。お前はそれでいいのか？　橙羽はお前を殺めようとしたのだぞ」

紫明は複雑な表情で問う。

「でも、私は生きています。紫明さまの温かいお心が、私を強くしてくださったのです」

瑠璃子は笑顔で伝えた。

相良家を飛び出したあの日。紫明が迎えに来てくれなければ、きっと自分はもう存在ない。しかも、命を助けてもらっただけでなく、生きている楽しさも教えてもらえた。生きていたいという衝動が、瑠璃子を強くしたのだ。

「瑠璃子……」

「橙羽さん」

瑠璃子は振り返り、真っ青な顔をしている橙羽に語りかける。

「私はたしかに、蛇神という忌々しい存在を宿しています。でも、紫明さまにいただいた命を粗末にするつもりはありません。二度とこんなことしないで。それと、あなたをこれほど心配して罰まで受けようとされる銀次さんを、もう裏切らないでください」

「……は……はい」

震える声を絞り出す橙羽は、大粒の涙をこぼしている。

「銀次」

「はい」

「瑠璃子の寛大さに免じて、橙羽の命は勘弁してやる。ただし、先日お前と赴いた辺境の村で使役させせろ。橙羽は、二度とこの屋敷に足を踏み入れることは許さん」

「御意」

銀次の返事にうなずいた紫明は、刀を鞘に戻した。

真摯な表情で紫明の命を受ける銀次は、腰を抜かしたまま放心している橙羽を見て口を開く。

「橙羽。紫明と瑠璃子さまに慈悲がなければ、お前の首はもう飛んでいた。改めてお詫びしろ」

厳しい言葉で我に返った様子の橙羽は、ガタガタと震えながらも正座して頭を下げる。

「申し訳……ありませんでした」

「声が小さい！」

銀次のピリッと引き締まった声に、橙羽の背筋が伸びる。

「本当に、申し訳ありませんでした」

顔をくしゃくしゃにゆがめて涙声での謝罪に、瑠璃子はうなずいた。

それから銀次は、橙羽を引きずるようにして出ていった。

ようやく表情を緩めた紫明は、刀を千夜に渡す。

「千夜、助かった」

「それでは、私はこれで」

千夜も一礼して部屋を出ていく。

「瑠璃子」

神妙な面持ちの紫明は、いきなり瑠璃子を抱きしめた。

「すまない。一旦は元気を取り戻したお前がまたふさぎ込んでいるのがわかっていたのに、なにが原因なのか気づいてやれなかった」

「それは、私が言わなかったから……」

紫明は何度も『なにかあったか？』と声をかけてくれた。けれど、紫明まで疑っていたせいで、どうしても口を割れなかったのだ。

「無事でよかった」

紫明の声が震えている。

瑠璃子は紫明の着物を強く握り、温もりを貪る。この腕の中の心地よさは、なにに も代えがたい。

「お前が死んだら、俺はどうやって生きていけばいいんだ」

紫明は瑠璃子の背に回した手に力を込めて言う。そして一旦離れると、瑠璃子にまっすぐな視線を注いだ。

「好きだ」

紫明の形のいい唇から紡がれた言葉に、目を見開く。

「瑠璃子のいない世界になんて興味がない」

「えっ……」

――これは夢？　それとも現（うつつ）？

混乱する瑠璃子は、瞬きを繰り返す。

「お前がずっと好きだった。愛おしくてたまらない」

「私たちの結婚は、ただの契約ではないのですか？」

鼓動が高鳴るのを感じながら問う。すると紫明はふと口元を緩めた。

「それは口実だ。突然現れた見ず知らずの鬼に結婚しようと言われても、拒否して当然。あのときは、すぐにでも現世から連れ出さなければと思った。それで、互いに利益がある結婚であれば、うなずくのではないかと」

紫明の言う通りだ。死を願っていたあの場で愛をささやかれても冗談だとしか思えなかっただろうし、ましてや鬼と結婚して幽世に行くなどという大きな決断はできなかった。愛情云々（うんぬん）ではなく、紫明にも自分にも利益があると思ったので、信じてついてきたのだ。

「俺の気で満たしておけば、蛇神が出てきにくいというのは本当だ。しかし、蛇神の力など俺には必要ない」

瑠璃子の考えは当たっていた。紫明は蛇神の力などなくても、十分に強いのだろう。それについて尋ねるたび紫明の様子がおかしかったのは、嘘だったからのようだ。

「でも、どうして私なんかを？」

美月に蔑まれて、父や母からは疎まれて泣いていただけの自分のどこに好きになる要素があったのかわからない。

「私なんか、ではない。お前は他人をいたわれる優しい女性だ。瑠璃子は、どれだけ傷つけられても、決してほかの人間を傷つけるような言葉は口にしなかった。それどころか、美月たちに馬鹿にされている足の不自由な者をかばったりして……」

「見ていたんですか？」

「ああ。ほかにも……捨て犬を拾ったときは、雨の中、びしょ濡れになりながら手あたり次第いろんな家を訪れて、『飼ってください』とお願いしていたな」

それも覚えている。母に犬を飼いたいと勇気を振り絞って申し出たもののあっさり却下され、必死に飼ってくれる家を探した。見つからず途方に暮れていたら、動物病院の先生が引き取ってくれた。

「小学生になったばかりの頃は、迷子の男の子の世話もしていた。泣きじゃくる男の子を『お母さんすぐに見つかるよ』と必死になだめて。母親の声が聞こえてきたら、その男の子は飛んでいってしまってお礼も言われなかったのに、瑠璃子はすごく満ち足りた顔をしてた。本当に優しいんだなと感心したんだ」

それは記憶にない。瑠璃子自身がよく覚えていない些細なことを、紫明が鮮明に覚えているのが意外だ。

「それなのに俺は、そんな優しい瑠璃子が傷だらけになるのを見ていることしかできなかった」

紫明は悔しそうに唇を噛みしめる。

「……我々あやかしは、人間同士の間に生じた争いごとには手出しをしてはならないという決まりがある。だから、美月たちになにかを仕掛けられても、蛇神が暴走しているとき以外は助けられなかったんだ。すまない」

「銀次さんから聞きました。現世を守るための約束なのですから、謝らないでください」

あやかしたちが現世でやりたい放題を許されていれば、とうの昔に人間は滅びていただろう。

「聞いていたのか」

「はい」

紫明は瑠璃子を抱きしめて、髪を優しく撫でながら続ける。

「瑠璃子に対する愛が最初からあったわけじゃない。だが、瑠璃子のそうした言動を見ていたら、惹かれるのは必然だった」

銀次から『瑠璃子さまが幼い頃から、何度も現世に足を運んで見守っていました』と聞き半信半疑だったものの、その通りだったのだ。

「……俺はこの地を背負う者として、幼い頃からいくつもの試練が与えられた。一番つらかったのは、父が賄賂（わいろ）を受け取って北の国を東の国に明け渡すと聞いたときだ」

「そんな……」

近年の幽世には平穏な時間が流れていると思っていた瑠璃子に緊張が走る。しかし、少し離れて瑠璃子を見つめる紫明の表情は穏やかなままだった。

「驚くだろ？　ずっと背中を追いかけてきた偉大な父が、自分のことしか考えず国を裏切るなんて衝撃で、口も利けなくなるくらい苦しくて。それで、現世に逃げたことがあった。でもそのとき、落ち込む俺にタンポポの花を摘んできてくれた優しい女の子がいたんだ」

「あ……」

「その子、俺が元気になったのを見届けたら、すごい勢いで逃げていくんだよ。もっと話したかったのに」

紫明はクスッと笑う。

あのときの男の子は、紫明だったのか。まさか、そんな苦しみの中にいたとは思いもよらなかった。

「あの出来事がきっかけで、俺は冷静さを取り戻した。それで、父がそんなことをするわけがないと思って、東の国に乗り込んで真実を話せと凄んだんだ」

「乗り込んだ？　ひとりで？」

紫明もまだ子供だったのに、なんと大胆な。

「そう。そうしたら、『来るのが遅い』と笑う父がいた。東の国とは良好な関係で、結託して俺を罠にかけたと聞いて気が抜けたよ」

罠とは、どういうことだろう。

「状況を紐解き、冷静に対処できる判断力。そして行動力。あとは、信じるべきものを見誤らない洞察力。いつか頭となって国を引っ張るのであれば必要な要素ばかりだ。俺はそれを試されたんだ」

なんという荒療治なのだろう。けれど紫明は、見事に期待に応えたのだ。やはり彼は一国を統率する者にふさわしい。

「そっか……」

「合格をもらえたのは、瑠璃子のおかげだ」

「私はなにも」

自分と同じようになにかに苦しんでいる彼を偶然見かけて、タンポポを渡しただけ。

「いや。瑠璃子の優しさが、俺の怒りを溶かしたんだ。そうでなければ、冷静にはなれなかった。ようやくお礼が言える。ありがとう」

瑠璃子は少し励ましただけ。紫明はもともと頭となるにふさわしいあやかしだったのだ。けれど、彼の成功をそばで見られてうれしい瑠璃子はうなずいた。

「自分は傷つこうとも、絶対に他人を傷つけない瑠璃子をずっと見ていて、ほかの者の心に棘を刺さないということがどれだけ大切かわかった。同時に、刺されて苦しむ瑠璃子を早くこちらに連れてきたかったが、大量のあやかしの気で満たされている幽世は人間には苦しい場所のはずだ。瑠璃子がそれに耐えられるようになるまで連れてこられなかった。申し訳ない」

紫明は首を垂れるが、瑠璃子が苦しまないように気を使っただけ。

「紫明さまが謝る必要などありません。私のほうが謝らなければ。……せっかく紫明さまが街のあやかしたちとの間に信頼を築いたのに、台無しにしてしまいました。ごめんなさい」

苦労しながら街を盛り立ててきたのに一瞬で吹き飛んでしまったと、今度は瑠璃子が頭を下げた。

「台無しになんかなってないぞ」

「えっ？」

「瑠璃子の中に宿る蛇神について街の者に話さなかったのは、隠しておけるならそのほうが混乱を招かないと思ったからだ。でも、それは彼らを信用していないことになると気づいた。それであの騒動のあと、長老にすべてを打ち明けたんだ。もう誤解も解けて、瑠璃子が赴いても歓迎されるはず」

紫明の発言が信じられない。

紫明も侍女たちも、蛇神の存在を知っていても優しく接してくれる。とはいえそれは稀有な例で、嫌悪感を示す千夜のように、理解してもらえないのが普通だと思っていたのに。

「そういえば、あのとき着物をだめにしたから、新しいものを頼んであるんだ。職人が腕によりをかけますと、今、作っているはずだよ。瑠璃子の気持ちさえ落ち着けば、また街に行こう」

瑠璃子は紫明の言葉に首を傾げた。

「でもあの着物、橙羽さんが纏っていらっしゃって……」

「橙羽が？　……正直に言うと、だめにしたわけではない。あの着物やかんざしを見ると、あのときの光景を思い出してつらいのではないかと思って、銀次に預けたんだ。それを勝手に着たのだろう」

それを聞いて気が抜けた。

「よかった……。紫明さまが、橙羽さんを想いながら選んだと聞いて、私……」

正直に打ち明けると、一瞬目を見開いた紫明は、瑠璃子の両肩に手を置く。

「瑠璃子」

「はい」

「それはもしかして、妬いてくれたのか？」

紫明の言葉にハッとする。
「いえ……そのっ……」
心の中をのぞかれたようで焦りに焦る。
紫明が言うように、間違いなく嫉妬だ。紫明に本気で恋をしてしまった瑠璃子は、
彼の目が橙羽に向いていると誤解して、こんがり胸を焦がしたのだ。
「うれしいな」
「うれしい？」
「そうだ。俺のことを少しは意識してくれているということだろう？」
少しどころか、かなりだ。今も、肩に触れられているだけで心臓が高鳴っている。
「あ……」
「一緒に暮らしだして、自分の目は間違っていなかったと確信している。働き者で、
侍女たちや冷たく当たってくる千夜にまで気を回せる優しさがある。瑠璃子の俺への
気持ちは、今はまだ小さなものかもしれない。でも、必ず俺の妻でよかったと思わせ
る。ずっと大切にさせてほしい」
紫明の強い想いが胸に響く。
彼も自分を殺めたいと思っているのではないかと疑ったなんて、とんでもなく失礼
だった。

「私……」

　現世では、自分の胸の内を口にすることが怖かった。そのほとんどが否定されるし、馬鹿にもされた。でも、紫明になら言えそうな気がする。

　緊張で声が小さくなるものの、紫明は急かさず待ってくれる。自分を理解し、いたわってくれる彼が好きだ。

「私、橙羽さんがあの着物を着ているのを見て、思いきりやきもちを焼きました。橙羽さんが、紫明さまは橙羽さんのことを考えながらこの着物を選んだとおっしゃるので悲しくて。紫明さまは私の旦那さまなのに！って、自分でもびっくりするくらい苦しくて」

「それは……」

　驚いたような顔をする紫明は、瑠璃子をまっすぐに見つめる。それが恥ずかしくてたまらないけれど、自分にこんな温かい視線を送ってくれる夫がいるのがうれしい。

「婚姻の契約を白紙にされて、ここから追い出されるのがずっと怖かった。現世に帰りたくないからではなく、紫明さまを好きになってしまったから」

　そう告白した瞬間、紫明の腕の中にいた。

「瑠璃子。……俺の初恋は叶ったんだな」

　紫明は、瑠璃子を強く抱きしめたまま感慨深げに言う。

「私の初恋も叶いました」

やっぱり照れくさくて小声になる。けれど紫明にはしっかり伝わったようで、背中に回った手に力がこもった。

トクトクという心地よい紫明の心音が耳に響いてくる。この腕の中は自分だけの場所だと思うと、涙が出そうなほどうれしい。まさか死を乞うほど苦しみ抜いた自分に、こんな幸せが待っているなんて思わなかった。

「あっ……」

「どうした？」

「羽織の人は、やっぱり紫明さまでは？」

『いつも強くなくていい。必ず助けてくれる者が現れる』という言葉がどれだけ支えになったか。あれは、十八になるまでこらえてという意味だったのではないかと尋ねる。すると紫明は腕の力を緩めて、瑠璃子に微笑みかけた。

「……そうだ。本来なら蛇神のこと以外で瑠璃子にかかわってはいけなかったのに、あのときはふと逝ってしまいそうで、どうしても放っておけなかった。人間のもめごとに直接介入したわけではないからとがめられるわけではないが、誤解を招きかねない。だから、とっさに否定してしまった」

やはり紫明は常に守ってくれていたのだ。

「瑠璃子があの羽織を現世に取りに行きたいと言ったとき、大切に思ってもらえているのだとうれしかった」

少し照れたような顔で告白をする紫明が、なんだかかわいらしく思える。

「あの羽織は、私をずっと支えてくれましたから」

「そうか。『悔しいという気持ちがあるんだもの。私はまだ這い上がれる』という言葉、胸に響いたよ。こんなに苦しんでいるのに自分を奮い立たせて前を向こうとしている姿がいじらしくて。瑠璃子が十八になるのが待ち遠しかった」

紫明は瑠璃子の頬にそっと触れる。

「あのとき改めて、瑠璃子は俺が守るんだ。俺の隣で笑っていてもらうんだと心に誓った。好きなんだ。瑠璃子が愛おしい」

想いを吐露した紫明は、顔を近づけてきて唇を重ねた。

甘い痺れが全身を襲う。これは蛇神を抑えておくための口づけではないとわかっているからだ。

しばらくして離れた紫明は、熱い視線を注いでくる。色気を纏った彼は、重ねたばかりの瑠璃子の唇を指でそっとなぞった。

「この唇は俺だけのものだ」

そんなふうに言われると、面映ゆくてたまらない。視線を落とすと、紫明が近づいてきて耳元で口を開いた。

「耳まで真っ赤だぞ」

「えっ」

思わぬ指摘に、目を白黒させる。

「でも、慣れろよ。俺たちは夫婦なのだから」

そうささやいた紫明は、瑠璃子の腰を抱き、もう一度唇を重ねた。


その日の夕げも、瑠璃子の希望で侍女たちと千夜とともにした。そのとき、紫明が窓から飛び込んできた理由がわかった。

瑠璃子の様子が普通ではないと察した紫明が、千夜にその原因を探るように指示をしたのだそうだ。そうしたら花が、銀次が瑠璃子を連れ出してから元気がなくなったと証言した。ところが、銀次に尋ねても屋敷に来た覚えはないと言う。

「瑠璃子さまと密会などしたら紫明さまに殺されると、銀次さまがおっしゃっていました」

千夜が真面目な顔で淡々と事実を話すのが、なんだか恥ずかしい。

「まあ、その通りだな。瑠璃子に触れていいのは俺だけだ」

涼しい顔で言い放つ紫明にくらくらする。侍女たちが口元を押さえてニタニタしているので、瑠璃子は顔から火を噴きそうだった。

そのとき橙羽も一緒に来ていたという護衛の証言から橙羽が怪しいと踏み、千夜が橙羽の周辺を探っていたのだとか。そうしたらあの妖狐が関係しているとわかり、銀次とともに尋問に行っていたらしい。

「しかし、今日はさすがに焦った。血相を変えた千夜が駆けつけてきて真相がわかったとき、心臓が止まるかと思った」

屋敷で待機していた千夜は、紫明が街で襲われたという報告を聞いて飛んでいったようだ。しかし紫明は無事で、尋問中だった妖狐が、それを報告したのは橙羽に雇われた別の妖狐だと白状した。橙羽は、屋敷の警護が手薄になった隙に忍び込んだのだ。

「あの……なぜ紫明さまは窓から？」

まるで空を飛んできたかのようだった。

「一刻も早く瑠璃子のところに行かなければと、千夜が作った風に乗ってきたのだ」

「風？」

風に乗れるとはびっくりだ。

「そうだ。瑠璃子も乗ってみるか？　なかなか爽快だぞ」

「無理です。怖い……」

乗ってみたいけれど、そんなことができるのが不思議で、正直な感想が漏れた。すると侍女たちがクスクス笑っている。

「なんだ、お前たち」

「す、すみません。あっさり断られる紫明さまが新鮮で」

「花！　そういうことは口に出さないの」

芳が花の口を慌てて押さえている。

「まあいい。俺が瑠璃子には弱いのは事実だからな」

「えぇっ」

一国の主が自分に弱いとはどういうことなのかと、瑠璃子は動揺する。

「瑠璃子は、俺が唯一頭の上がらない女だ。愛想をつかされぬよう、努力する」

「や、やめてください。そんな……」

これほど優しくて温かく……そして惜しみない愛を与えてくれる紫明に、愛想をつかすことなんて絶対にないのに。

「はぁ、愛されるって素敵」

和がうっとりしたような声で言うので、瑠璃子は照れくさくていたたまれない。紫明のこの発言が演技ではないとわかっているから余計に。

「そ、そうだ。紫明さま。近いうちに銀次さんも食事に招いてもいいですか？」

瑠璃子が話を変えると、紫明は目を見開いている。

「会いたくないのではないか？」

銀次は橙羽の仕業だとはっきり判明したとき、自分も死を覚悟したという。けれど、彼にはなんの罪もない。

「どうしてですか？　銀次さんはお優しいですし、紫明さまを守ってくださる大切なお方。これからもお願いしなければなりません。まさか、銀次さんまで処分されませんよね？」

「本当にお前は……」

あきれたようにため息をつく紫明は瑠璃子の腰を抱く。

「我が花嫁は、こんなに寛大だ。たしかに、今回の件は銀次には非がない。これからもたっぷり働いてもらおう。花、芳、和」

「はい」

紫明に名を呼ばれた侍女たちは、声をそろえる。

「銀次も落ち込んでいるはずだ。落ち着いたら銀次を呼んで、宴を開くぞ。準備を頼む」

「承知しました！」

「なに作ろうかな」

紫明の優しい発言に、心を躍らせる瑠璃子がつぶやく。

「瑠璃子も作るのか？」

「当然です。こんな楽しいお仕事を私から奪わないでください」

瑠璃子が声を弾ませると、紫明はクスクス笑った。

翌日。瑠璃子が目を覚ますと紫明はすでに起きていて、窓際にあぐらをかき外を眺めていた。

「起きたか」

「すみません。寝過ごしました」

「いや、俺が眠れなかっただけだ。おいで」

紫明が手を伸ばして言うので、乱れた浴衣を整えてからそばに行く。すると腕を引かれて、彼の脚の上に座ってしまった。そのうえ背中から抱き寄せられて、たちまち耳まで熱くなる。

「なにを今さら照れている。俺は四六時中こうして触れていたいぞ」

「そんな……」

瑠璃子は恥ずかしくてたまらないのに、紫明は平気そうだ。

「今日は蝶々雲が広がっているな」

「冬ですね」

ここ幽世にも四季があり、生活様式も人間となんら変わりない。幽世と聞いたときは驚いたけれど、不自由がなさすぎて拍子抜けしている。

「こっちには、現世のクリスマスやら正月のような祝い事がない。それが寂しければ、何度でも宴を開いてもいいぞ」

「それでは、銀次さんが戻ってこられたら、早速やりましょう」

銀次は遠くへ赴く橙羽に付き添い、しばらく街を離れるそうだ。銀次の優しさに気づいた橙羽が、心を入れ替えてくれると信じている。

「昨晩、千夜を叱っておいた」

「どうしてですか？」

「千夜が告白したのだ。自分も瑠璃子にひどい言葉を浴びせて苦しめてきたと。千夜は少々生い立ちが複雑で」

「銀次さんから聞きました」

一族皆殺しというおぞましい経験をした千夜が少しも笑わないのは理解できるし、助けられた恩から紫明を守ることしか頭にないのも納得している。

「そうか。考え方が少々過激で。ただ、俺も瑠璃子がけがでもしようものなら、危害を加えたやつは問答無用で斬る。そう思うと、全否定はできなくて困っていた」

大切な者はなんとしてでも守りたい。そう思うのは自然だ。

「だが千夜の気持ちも、同じ屋敷で暮らしているうちに少しずつ変わってきたようだ。俺が惚れる理由がわかったと話していた」

「え……？」

どうわかったのか、知りたいような知りたくないような。

瑠璃子は複雑な気持ちで聞いていた。

「なぜ瑠璃子を憎んでいたのかわからなくなったと俺に告白しに来た。自分は橙羽と同じだ。罰してくれと」

「まさか……」

怖いと思っていた千夜は、主に忠実で真面目すぎるあやかしだ。みずから罪を明かして罰を乞うなんてそうそうできない。

「それで、『瑠璃子がお前に罰を与えることを望むと思うか？』と尋ねたんだ。あいつはしばらく考え込んで、それならどうすればいいかと聞いてくるから、今まで通り俺たちを守ってほしいと伝えておいた」

「よかった」

「少しは笑えと言っておいたが、それは期待しないでくれ。あいつは笑わなさすぎて、顔の筋肉が衰えているんじゃないかと思っている」

紫明がそんなふうに茶化すので瑠璃子は噴き出した。

ここに来てから、瑠璃子の表情筋も鍛えられた。瑠璃子も現世で笑った記憶がないからだ。

「それなら、鍛えましょう。千夜さんが笑顔になれるように頑張ります」

振り返ってそう答えると、紫明はうれしそうに微笑む。

「本当にお前は……最高の妻だ」

そして顎を持ち上げて、唇を重ねた。

それから瑠璃子は、紫明に誘われて屋敷を出た。しっかりつながれた手に安心して、久々に外の空気を楽しむことができそうだ。

出かけると知った芳がショールを用意してくれたものの、しばらく外に出ない間に空気がキンと冷えている。

紫明はあの岩場の方向とはまた違う道をたどり、屋敷の裏手を上がっていく。すると渓流があり、そこにかけられていた小さな橋を渡ってさらに進んだ。

「寒いな」

白い息を吐く紫明は、瑠璃子の肩を抱き寄せた。

「季節は巡っているのですね」

「そうだな。瑠璃子に出会ってもう何年経ったか。こんな寒い日は、瑠璃子はどうしているかと特に気になって、父に現世に連れていってほしいとねだったものだ」

「そうだったのですか」

　紫明は自分のために何度足を運んでくれたのだろう。

「父は、俺が瑠璃子を娶ると確信していたようだよ」

「え……！」

　それはびっくりだ。紫明が自分を気にかけてくれていたのは事実でも、最初は恋心ではなかったはずなのに。

「俺たちが出会えたのは、運命だったのかもな」

「運命……。そうかもしれませんね」

　蛇神を宿して生まれてきたのも運命。しかし、素敵な旦那さまに会えたのも運命だとしたら、悪いことばかりではなさそうだ。紫明のそばにいる限り、これからはきっと幸福が待っている。

「それで、瑠璃子の運命について話しておきたい」

「私の？」

「ああ」

　紫明は足を止め、視線を先に送る。それをたどると、以前見えたふたつの墓標があった。

「あれはどなたの？」

「右側は、俺たち鬼の祖先。左はその妻。人間だ」

「人間？」

そういえば、『遠い昔に瑠璃子のように嫁いできた者はいた』と紫明が話していた。

その人の墓だろうか。

「そう。京極家の祖先だ」

瑠璃子は言葉をなくした。ここで京極の名を聞くとは。

紫明は驚きのあまり立ち尽くす瑠璃子の背をそっと押し、墓標の前まで歩み寄る。

「このふたりが瑠璃子の……いや、俺たちの運命の始まりだ。少し長くなるが、聞いてほしい」

紫明はそんな前置きをして話し始めた。

「鬼の祖先は空馬（くうま）という名だったそうだ。そして京極家の祖先はあやめ。ふたりの出会いは何百年も前にさかのぼる。馴れ初めを知っている者は生きてはいないが、仲睦まじい夫婦だったと語り継がれている」

石の墓標に触れながら、紫明は話す。

「ふたりの間には男児が生まれ、幸せに暮らしていたのだとか」

穏やかな口調で話していた紫明が一転、眉をひそめるので息を呑む。

「この地は、その頃から鬼一族が支配していた。ところが今ほど力を持たず、ある日蛇神を頭とする西の国のあやかしたちが、この地も支配しようと押し寄せた。その結果、多数のあやかしが命を落とした」

蛇神に対する拒否反応が強いのはそのせいだ。

紫明は瑠璃子を心配しているのか、顔をのぞき込んでくる。

「大丈夫です。続けてください」

「ああ。……空馬さまを筆頭に、あやかしたちは果敢に戦いに挑んだ。だが、突然の襲撃でなんの準備も整っていなかったうえ、しばらく争いごとがなかったせいで、戦いの術を心得ている者の数が圧倒的に足りず、劣勢。ついには仲間をかばった空馬さまが、蛇神に飲み込まれてしまった」

「えっ……」

衝撃的な話に、小さな声が漏れ、全身の肌が粟立つ。

「戦術を立てていたのも、最も力を持つのも空馬さま。彼がいなくなっては、負け同然だ。誰もが蛇神の支配を覚悟した」

「そんな」

けれど、その争いに勝ったから今があるのではないかと不思議に思う。

「ただ、ひとつだけ蛇神を止める手段があった。それが蛇除けの呪文だ。ただし、これには蛇神を封印する器が必要だった」

瑠璃子は無意識に左肩に触れる。もしや……。

「甚大(じんだい)な力を持つ蛇神を飲み込むとなれば、命はない。それがわかっていて手を挙げるものなど誰もいなかった。たったひとりを除いてな」

「あやめさまが？」

瑠璃子が問うと、紫明は顔をしかめてうなずいた。

「あやめさまは、夫や親切にしてくれたあやかしたち、生んだばかりの我が子の将来を守るために、命と引き換えに蛇神を小さな体に封印したのだ。そして……亡くなられた」

子を置いて逝かなければならなかったあやめの心中を思うと、視界がにじんでくる。成長する姿を見たかっただろうに。

「あやめさまはこの地を救ってくださったんだ。あやめさまが残した男児の末裔が俺だ。そしてあやめさまの兄の末裔が、瑠璃子に当たる」

悲しくて残酷な話に我慢できなくなった涙が頬を伝うと、紫明が抱きしめてくれる。

「それから京極家には、蛇神を宿す者が生まれるようになった。封印された蛇神は、強い気を持つ鬼の中には入り込めない。だから我々鬼ではなく、京極のほうの血をたどり、生きながらえたのだ。京極家の中でも特に波長が合う者がいると、蛇神は隙あらば出てこようと暴れる。瑠璃子はその〝波長が合う者〟だった」

だからあれほど苦しめられたのか。

瑠璃子は紫明の話を聞いて、いろいろ納得した。

それにしても、何百年も前に封印した蛇神がいまだ暴れるとは。その力推して知るべし。

「空馬さまは、自分が助かったのと同時に、最愛の人を亡くして悲しみに暮れた。そして、京極家の末裔を鬼一族が責任をもって守ると決めた」

「だから、私のところにも来てくださったんですね」

「そうだ。京極家に子が誕生するたび、鬼一族は気にかけていた。蛇神を宿す者は多かったが、長らく波長が合う者はおらず、その影響を受けることは少なかった。でも、瑠璃子が波長の合う者だと知った父が、瑠璃子は守るべき存在だ。命をかけてでも守れと俺に告げた」

瑠璃子は紫明の腕を強くつかみ、首を横に振る。

「嫌です。紫明さまが私のために命を落とすなんて、考えたくもない」

「もちろん、死ぬつもりなどない。俺は、瑠璃子を幸せにしなければならないからな」

腕の力を緩めた紫明は、いつものような優しい笑みを見せてくれる。その笑みを見るだけで、荒ぶる瑠璃子の心は落ち着きを取り戻す。

「約束ですよ。私より先に死んだら許しません」

「瑠璃子に叱られるのはごめんだ。天命が尽きるまで瑠璃子のそばにいると約束しよう」

紫明はそう言うと、瑠璃子の額に唇を押しつけた。

「こ、こんなところで……」

空馬とあやめの前なのにと焦ったものの、紫明は平然としている。

「こんなところだからだ。空馬さまとあやめさまの前で、生涯瑠璃子を守り、愛し抜くと誓いを立てたいんだ」

瑠璃子に真実を伝えるためだけでなく、それもあってここに足を運んだのかもしれない。

それから紫明と一緒に、墓標の前で祈りをささげた。

『あやめさま、安心してください。今まで苦しかったですけど、素敵な旦那さまと結ばれました。これからは私たちに任せて、ゆっくりお休みください』

目を閉じた瑠璃子は、心の中でそう伝える。

蛇神のせいで散々苦しんではきたけれど、夫や子、そして多くのあやかしを救ったあやめと同じ血を引くことが誇らしい。

瑠璃子が目を開くと、紫明が優しく微笑んでいた。

「きっと、空馬さまもあやめさまも、瑠璃子が苦しんでつらかったはず。でも、もう俺が守るから、なにも心配はいらない」

「はい。ありがとうございます。私も紫明さまを守りたい」

そう伝えると、紫明は目を丸くした。

守られるだけの妻は嫌だ。紫明のように力を持つわけではない自分に、できることなんて知れている。でも、この国の平穏を守るために奔走している紫明を支えられる妻になりたい。

「ありがとう、瑠璃子」

紫明は瑠璃子を抱き寄せた。


指を絡めて握った手は、この寒さの中でも温かい。屋敷に戻る途中の小高い丘の上で、紫明は足を止めた。

「今後瑠璃子が不安にならないように、もうひとつ話しておきたいことがある」

「なんでしょう？」

紫明を見上げて問うと、彼は小さくうなずいてから口を開く。

「蛇神に襲われ、あやめさまを亡くしてから、空馬さまはもっと強くならなければならないと、鍛錬を重ねられた」

それは紫明も同じはず。頭として君臨するためには、力が必要なのだ。

「そして、どんなあやかしでもひと振りで殺せる刀を作った。それがこれだ。この刀は、神通力を持つ鬼一族の頭だけが扱える。ほかのあやかしでは、刀を抜くことすら叶わない」

紫明は腰に差す刀に手をかけて言う。

彼は出かける際に必ず身に着けるが、それほど特殊な刀だったとは。

「だから、蛇神が瑠璃子の中から出てきたとしても、怖くはない。問題は……出てくるときにいらなくなった瑠璃子の体を滅ぼしてしまうのではないかという懸念があることなんだ」

それでは、蛇神の封印が解かれては困るから結婚をと求めたのは、完全に口実だったのか。紫明は最初から、瑠璃子を救うことしか考えていなかったのだ。

「そうだったんですね。紫明さまは私のために結婚を……」

申し訳なくてうつむくと、顔をのぞき込まれた。

「お前はなにか忘れていまいか？　我々鬼や北の国のあやかしのために器になってくださったあやめさまには頭が上がらない。それを受け継ぎ、苦しんだ瑠璃子にもそうだ。決して瑠璃子の命を奪うことなく蛇神をなんとかしたいというのは本当だが、結婚はまた別の話。俺は瑠璃子に惚れて、妻にしたいと思ったのだ」

怒涛の勢いでいろんな話を聞かされて、瑠璃子は少し混乱していた。けれど、自分に向けられた紫明の愛が間違いなくあると感じて、うれしくなる。

「瑠璃子は唯一無二の女だ。これからじっくり、俺の愛を教えてやる」

紫明からの愛は、ひしひしと感じている。けれど彼ら鬼一族に、あやめへの恩が——ひいては蛇神を請け負った京極家の末裔である瑠璃子に恩があるのも本当だろう。

話を聞いていると、〝恩〟のほうの比重が大きいのではないかと少し不安になったけれど、紫明の言葉で吹っ切れた。

「これから伝えることに驚くかもしれないが、あとで知って誤解されたくない」

紫明は深刻な表情で瑠璃子をまっすぐに見つめ、大きく息をしてから続ける。

「蛇神を宿した京極家の者が亡くなっても、蛇神は次の器を探す。しかしこの刀で瑠璃子の心臓を貫けば、蛇神は永遠に消える。もう京極家の末裔が苦しむことはない」

「えっ……」

「蛇神の存在は、我々北の地のあやかしにとって忌々しいもの。空馬さまのときは蛇除けの呪文を唱えて蛇神を封じるしか手段がなかったが、今は息の根を止めることができる」

それは、いつか自分を刺すと宣言しているのだろうか。愛する紫明と永遠に幸せに暮らすのは無理だと。

　たった今、愛をささやかれたばかりなのに、紫明の言葉が二転三転しているようで戸惑いを隠せない。

「誤解しないでくれ。俺はそれを絶対にしないと話しているのだ。鬼一族は、あやめさまを犠牲にしてしまったし、瑠璃子の父も救えなかった。もう二度と京極家の人間を傷つけまいと心に誓っている。それに、好きな……こんなに愛おしい妻を刺せるわけがない。ただ、この話をどこかで瑠璃子が耳にしたら、きっと俺を信じられなくなるだろう。それならば、先に真実を話しておきたかった」

　たしかにこの話を偶然聞いたら、瑠璃子は不安に思ったに違いない。しかも怖くて紫明に問いただせないはずだ。

「それと……父と母が旅に出たのは、瑠璃子の身の安全を保ちながら蛇神を分離させられる方法があると噂に聞いて、それを探しに行ったんだ」

　まさかの理由に、瑠璃子は驚きを隠せない。

　紫明は以前、両親が出ていった理由を、『ちょっと探しものがあって』と話していたけれど、その探しものが自分に関するものだったとは。

「といっても、父はこの国を導く仕事をとっとと俺に押しつけて悠々自適という感じだし、母を連れて旅行気分だ。もちろん目的は忘れていないだろうから、いつかその方法がわかるのではないかと期待している」

紫明だけでなく、まさに鬼一族が一丸となって自分を守ろうとしてくれている。苦しいばかりで卑屈になり、死を願っていた自分が恥ずかしい。

「私、とんでもない幸せ者だったんですね」

「まだ足りないぞ。俺がもっともっと幸せにする」

白い歯を見せる紫明は、遠くに見える街に視線を移した。

ここから見えるのは、紫明が守るべき場所。まだ紫明が背負うものの大きさを完全にわかっているとは言い難いけれど、彼の思い描く理想の国を造る手伝いがしたい。

なんの力も持たず、それどころか宿敵である蛇神を宿す自分が、そんな大それた考えを持つのはおこがましいとわかっている。でも、紫明の隣にいるとそれも可能ではないかと思えてくるのだ。

紫明は、瑠璃子に希望をくれるあやかしだから——。

終章

紫明と心が重なってから、瑠璃子はますます元気に働いている。

銀次に付き添われた橙羽は、しっかりお灸をすえられたうえ、辺境の地の畑で働き始めたそうだ。

燦々と降り注ぐ太陽の光の下で、かしましい三人の侍女たちとのおしゃべりを楽しみながらの洗濯は、楽しくてたまらない。

「瑠璃子さま。きれいな手が荒れてしまいますから、あとは私たちで」

洗濯板を使っての洗濯は難しかったけれど、最近は慣れた。とはいえ、霜が降りた今朝は風も冷たく、和が心配している。

「芳さんがお湯を足してくれたじゃないですか。それに、冷たいのは皆さんも一緒ですよ」

「だめですよ。紫明さまのお肌に触れる手が荒れていては、紫明さまに申し訳ありません」

なぜか頬を赤らめながら言うのは花だ。

毎晩同じ部屋で眠っているため、そういう想像をしているのだろう。けれど紫明は熱い口づけをして抱きしめて眠るものの、それ以上の関係は求めてこない。

——魅力がないのかしら。

ふとそんなことを考えてしまった瑠璃子も、顔が赤く染まっているに違いない。

いや、双方の利益のために結婚しただけだと思っていたのに、本当の愛が存在したと知ったばかり。紫明は接吻だけで瑠璃子が落ち着かなくなるのに気づいていて、ゆっくり進んでくれているのだろう。

ただ、その口づけが日に日に深くなっているような気がしなくもない。今朝だって……。

「瑠璃子さま、思い出されたんですか？　お耳が赤いです」

「ええっ、ち、違うから！」

芳にとんでもない指摘をされ、『思い出したのは口づけだから』と言いそうになり、すんでのところでとどまった。口づけでも恥ずかしい。

「また洗濯してる」

そこにあきれ声が聞こえてきた。声の主は紫明だ。

「キャッ」

和が小さな叫び声を漏らしたのは、頭の中の妄想が膨らんでいたからに違いない。

「すみません」

反射的に瑠璃子が謝ると、紫明は隣にしゃがみ込んだ。

「いや、悪いとは言ってない。よく働くなと感心しているだけだ。どれ」

紫明がたらいの中の浴衣に手を伸ばすので、目をぱちくりする。

「紫明さまは、洗濯などなさらなくても」

「瑠璃子と同じことがしたいのだが、だめか？」

侍女たちの前で恥ずかしげもなく甘えるような言い方をされては、鼓動が速まってしまう。

「紫明さま、手が荒れてしまいますので、私たちがいたします。瑠璃子さまに触れる
手はおきれいなほうがよろしいかと」

また花が恥ずかしそうに、しかし大胆な言葉を紫明に伝える。

「そうだな。瑠璃子の肌が傷ついてはまずい」

「し、紫明さま？」

紫明から熱い眼差しを向けられた瑠璃子は、息が止まりそうになる。

「キャッ」

和がまた叫び声をあげた。妄想が暴走しているに違いない。

「そうだ、瑠璃子。着物ができたそうだ。一緒に取りに行かないか？　長老も会いた
いと話しているし、和菓子屋の職人も瑠璃子のために新作を作ったそうだぞ」

「長老さんや和菓子屋さんが？」

あんな騒動を起こして迷惑をかけたのに、会いたいなんて本当だろうか。

「瑠璃子さま、そうしてくださいな」

「そうと決まれば、おめかししましょ」

「どの着物にしましょうね」

こうしたとき、三人は途端に張りきりだす。瑠璃子を着飾れるのが楽しいらしい。

「それじゃ、頼んだ」

三人の熱に若干押され気味の紫明は、苦笑しながら離れていった。


屋敷を出たのは、それから三十分後。芳が薄化粧を施してくれたので、いつもより大人な雰囲気だ。

「白い肌に赤い紅が映えるな」

玄関で待ち構えていた紫明からうっとりしたような眼差しを注がれて、照れくさくてたまらない瑠璃子は、伏し目がちになる。

「いってらっしゃいませ」

声をそろえて見送ってくれる三人は、瑠璃子が再び街に行けることを喜んでいるようだった。

しかし、当の瑠璃子は緊張で手に汗握っていた。紫明が瑠璃子の中の蛇神について事情を話してくれたようだけれど、この国のあやかしたちにとって蛇神は憎き相手に違いないのだから。

「千夜」

「はい」

屋敷を出てすぐに紫明が千夜を呼ぶと、どこからともなく現れて跪いた。

「わかっているな」

「はい。瑠璃子さま、前回は申し訳ございませんでした。もう決してあのような騒動は起こしません」

千夜に謝られて、瑠璃子は慌てた。

「あれは私が……」

「いいえ。瑠璃子さまは我が仲間を助けようとしてくださっただけ。私があの男に手をかけていたら、紫明さまの顔に泥を塗るところでした。冷静さを欠いたこと、お許しください」

紫明が彼にどんな話をしたのか知る由もないけれど、行きすぎた行為だったとわかってくれたようでうれしい。

「とんでもないです。そうだ。和菓子屋さんにも寄りますけど、千夜さんはどんなお菓子がお好きですか?」

千夜が好きなものも購入したいと考えて問うと、紫明がおかしそうに肩を揺らしている。なにか間違ったことを言っただろうか。

「私のことはお構いなく」

「千夜は甘いものより辛いもの好きだ。せんべいにしよう」

「いえっ」

紫明の提案に千夜は恐縮している。

「瑠璃子の厚意を受け取らないと言うのか？」

「そうではございません。ありがたくちょうだいします」

千夜は焦りを纏った声を出したが、紫明はずっと笑っている。からかっているのだ。

「そうだ、それでいい。お前は俺の従者ではあるが、家族でもある。いつか顔の筋肉が動くのを期待しているぞ」

「顔の筋肉と申しますと？」

千夜は不思議そうな顔をする。一方、瑠璃子は必死に笑いをこらえた。

「こっちの話だ。さて、今日も護衛を頼んだ」

「御意」

千夜は返事をするとあっという間に見えないところに消えてしまった。こうして気配を消して邪魔をしないようにしてくれているのだ。

彼は今の紫明の話を聞いてどう思っただろう。

紫明は侍女たちも家族のように大切にしている。決して自由に使える駒だとは思っていない。そんな彼らと、皆で笑って暮らせるのが理想だ。

相良家では味わえなかった家族団らんの楽しさを、瑠璃子は知り始めていた。


紫明とともに街の入口にたどり着いたものの、足がピタッと止まる。いくら紫明が大丈夫だと言っても、やはり怖いのだ。

千夜はもう暴走しないと誓ってくれたし、決して紫明の手を放すつもりはないけれど、自分のせいでせっかく穏やかに暮らしているあやかしたちの日常を壊すとしたら……と考えて腰が引けるのだ。

そんな瑠璃子をわかっているだろう紫明は、握った手に力を込めた。

「皆、蛇神は嫌いだ。だが、瑠璃子を嫌いなわけではない。事情を説明したら、お前の存在を歓迎してくれている。あやめさまも、蛇神を封印していてくれる瑠璃子も、この国では英雄なのだぞ」

「私はなにもしてません」

あやめはそうでも、瑠璃子はたまたま京極家に生まれ、蛇神と波長が合ってしまっただけ。

「蛇神と波長が合わなければよかったのに……」

瑠璃子は思わずそう漏らした。

京極家の末裔であっても、波長が合う者に宿ったときだけ蛇神は暴走するという。そうであれば、何事もなく平穏に過ごせたほうが、この国のあやかしたちにも好都合ではないかとずっと考えていた。

「いや、むしろ瑠璃子が宿してくれてよかったと考えている。あやめさまのあとに数人、蛇神と波長が合う者がいたそうだが、蛇神を離せなかったようだ」

自分の中から蛇神を追い出すのはそれほど難しいのかと落胆もするが、紫明の両親も力を貸してくれるとわかった今、希望を捨てたくはない。

「我々は、あの騒動から長い年月を経た今ですら、蛇神にとらわれている。もうこの悪い連鎖は、俺と瑠璃子の代で断ち切る。必ず蛇神を瑠璃子の体から追い出し、息の根を止める」

紫明の目が鋭く、並々ならぬ決意を感じた。

「もう難しいことは考えなくていい。瑠璃子は俺たちのために散々つらい目に遭ってきた。恩返しさせてくれ」

紫明の言葉が心強い。自分よりずっといろいろなことを考え、最善の道を進もうとしている彼に、すべてを委ねよう。

「恩返しなんて。私を救ってくれたのは紫明さまですから」

——コホン。

紫明と話していると、わざとらしい咳払いが聞こえてきて視線を送る。そこにはばつの悪そうな顔をした長老が立っていた。

「おふたりが仲睦まじいのは、よーくわかりました。わしもうれしい」

「あ……」

今のやり取りを一部始終見られていたのだろうか。

「こんなのは序の口だ。俺たちの絆は幽世いちだからな」

恥ずかしげもなく言い放つ紫明を前に、瑠璃子は目を泳がせる。愛をささやかれるのはたまらなくうれしいけれど、堂々とほかの者の前で宣言されても、どんな反応をしたらいいのかわからないのだ。

「それは失礼しました」

杖をつきながら歩み寄ってきた長老は、瑠璃子の前で足を止める。

「お待ちしておりました。瑠璃子さま、先日は子を助けていただいたのに、我が仲間がたいそう失礼なことをいたしました。申し訳ございません」

「えっ……。顔を上げてください」

深々と腰を折られて慌てる。

「紫明さまより、この地を救ってくれた京極家の末裔でいらっしゃるとお聞きしました。そうとも知らず、あのときの男たちも深く反省しています。できれば謝罪の機会をいただきたいと申しておりまして」

「そんな必要はありません。あの方たちのお気持ちはよくわかっています。それより
あの子は、無事でしたか？」

「はい、けがもすっかりよく――」

「瑠璃子さま！」

長老と話していると、男の子が駆けてきた。

「あの子だ」

あのとき転んで泣いていた男の子だとわかった瑠璃子は、元気そうな姿に頬を緩ま
せる。

「こら、また転んでしまうぞ」

長老が叱るが、男の子は笑顔のまま瑠璃子を見上げた。

「ごめんなさい。でも瑠璃子さまが来てくれたのが、僕、うれしくて」

「私が怖くないの？」

「怖くないよ。父ちゃんが、この国を助けてくれた人だよって話してた。悪ーい蛇を
飲んでくれたって」

飲むとはなんともおぞましい様子を想像してしまうが、子供にはわかりやすいかも
しれない。

「そっか。もうけがは治ってるね」

「うん！　あのときはありがとう。これ、あげる」

「私に？　うれしいな」

男の子はどこで摘んできたのか、大きなユリを一輪、瑠璃子に差し出した。それを受けとると、「また来てね！」と戻っていく。

紫明の言う通りだ。なにも恐れなくてもいい。

「あの坊主、見る目があるな。可憐な瑠璃子にぴったりだ」

ユリの花に目をやり、また恥ずかしい発言をする紫明だけれど、いたって真面目な顔をしている。あやかしは愛情表現が豊かなのだろうか。

「さぁ、皆お待ちかねだ。ゆっくり楽しんでいってください」

「ありがとう。長老、今後も俺と瑠璃子をよろしく頼む」

「もちろんです」

紫明は挨拶を済ませると、緊張が抜けた瑠璃子の手を引いて歩きだした。

「紫明さま！」

紫明は歩くだけで注目を浴びる存在のようで、あちらこちらから声をかけられる。

橙羽は紫明が信頼を失ったと話していたが、まったくの嘘だとよくわかった。

しかしそのうち「瑠璃子さま！」という声まで聞こえだし、目を瞠る。

「誤解はあったが、ここのあやかしたちは、皆、瑠璃子の味方だ。瑠璃子は俺たちにとって必要な存在なんだよ」

周囲を見渡す紫明が、柔らかな表情で言う。

「必要な……」

「そうだ。ずっとずっと、必要だ」

「……はい」

現世では、家族はいたがいつもひとりぼっちだった。孤独に慣れ、ひたすら我慢することを覚えた。

当然、誰かに必要とされていると感じたことはなかったのに、こんなにたくさんのあやかしたちが受け入れてくれる。

もうこの先、死を乞うことはきっとない。

「瑠璃子さま、きれー」

そのとき、先ほどの子より少し背丈の大きい男の子ふたりが駆け寄ってきて、瑠璃子をまじまじと見つめた。

「瑠璃子は俺の妻だ。そんなに見るな」

「し、紫明さま？」

こんな幼い子相手に、嫉妬心をあらわにしなくてもいいのに。

「瑠璃子がきれいすぎるのが悪いんだぞ」

困惑の表情を浮かべると、紫明は悪びれもせずに言う。

「私？」

「顔も心も、こんなにきれいな女をほかに知らない。最高の花嫁だ」

紫明は優しく微笑むと、瑠璃子のこめかみにそっと唇を寄せた。

あとがき

瑠璃子と紫明の物語にお付き合いくださり、ありがとうございました。体に忌々しい蛇神を宿した少女と鬼のお話はずっと前から頭の中にありまして、当初大正時代を想定していたのですが、現代でというリクエストでしたので設定を変更して書かせていただきました。

これまでにもあやかしの物語をいくつか書いておりますが、昔から伝わる妖怪の話を調べますと、恐ろしいものがたくさん出てきます。

紫明は鬼ですが、鬼は強くて怖いという印象がありますよね。鬼は『日本書紀』に登場するようですので、かなり長い間その概念が存在していることになります。中でも有名な、大酒を飲み、生き血をすするという極悪非道な酒呑童子(しゅてんどうじ)は、そもそも人間だったそうです。諸説ありますが、女性からの恋文を読みもせずに捨てた美少年が、その女性たちの怨念に取り憑(つ)かれて鬼になってしまっただとか、他人とは違う能力を持って生まれたがために疎まれて捨てられ、各地を旅している間に鬼になっただとか伝えられています。

そうしたものを読んでいると、人間の恨みつらみ、嫉妬、憤り……等々、負の感情のエネルギーの大きさにぞっとします。はるか昔から人間はそれに気づいていて、鬼という存在を生み出し、鬼にならないように、はたまた周囲の人間を鬼にしないように気をつけろという戒めにしていたような気もします。現代でも幼い子を叱るときなど、「角が生えるよ」というような言い方でけん制しますが、〝そろそろ怒りが爆発するよ〟という予告ですよね。怒りや嫉妬といったものは簡単になくなるものではありませんが、自分も鬼にならないで済むように、負の感情にはできるだけ早めに折り合いをつけて生きていけたらいいなと思います。でも、難しいな……。

最後になりましたが、この作品の出版にご尽力くださいました関係者さま。お手に取ってくださいました読者さま。ありがとうございました。またお会いできることを楽しみにしております。

朝比奈希夜（あさひなきよ）

この物語はフィクションです。実在の人物、団体等とは一切関係がありません。

朝比奈希夜先生へのファンレターのあて先
〒104-0031　東京都中央区京橋1-3-1　八重洲口大栄ビル7F
スターツ出版（株）書籍編集部 気付
朝比奈希夜先生

薄幸花嫁と鬼の幸せな契約結婚

2023年4月28日　初版第1刷発行

著　者　朝比奈希夜

発 行 人　菊地修一
デザイン　カバー　北國ヤヨイ（ucai）
　　　　　フォーマット　西村弘美

発 行 所　スターツ出版株式会社
　　　　　〒104-0031
　　　　　東京都中央区京橋1-3-1　八重洲口大栄ビル7F
　　　　　出版マーケティンググループ　TEL 03-6202-0386
　　　　　（ご注文等に関するお問い合わせ）
　　　　　URL　https://starts-pub.jp/
印 刷 所　大日本印刷株式会社

Printed in Japan

ISBN　978-4-8137-1425-5　C0193